Aimée Garneret

Des vies berbères

Musiques, chants et danses à l'Aïn

CARTE DU MAROC

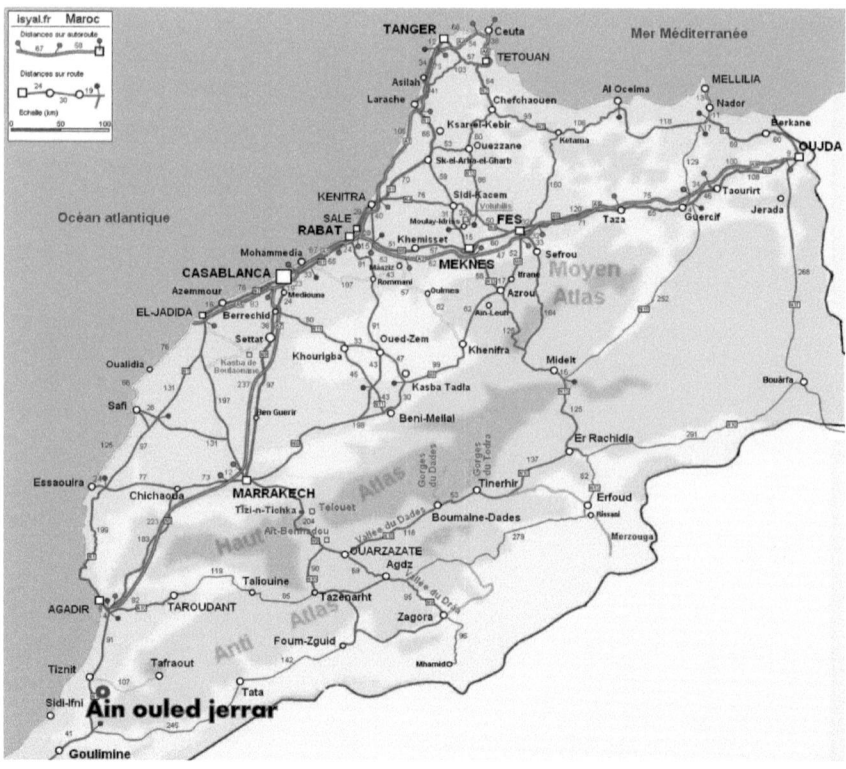

Ce roman puise son inspiration dans un voyage et un long séjour dans le Sud marocain. Il n'a pas de valeur historique, les personnages et les circonstances y sont purement fictifs. Toute ressemblance avec des personnes ou des situations existantes ou ayant existé ne saurait être que fortuite et indépendante de ma volonté.

Dans ce récit, les personnages sont natifs ou rattachés à l'Aïn Ouled Jerrar*, un village à une quinzaine de kilomètres de Tiznit aux portes du désert (voir carte ci-contre). L'eau abondante de la source a toujours été une bénédiction.

*Aïn : source
*Ouled : les descendants, les enfants
*Jerrar est une tribu de Bani Maaqil, des arabes venus s'installer au Maroc à partir du XIIe siècle.

Du même auteur :

Sortir des quarantièmes rugissants BOD 2017

Livres enfants

Célia et le lapin aux grandes oreilles Bod 2017

Erwan et les grues cendrées – en projet

L'éléphanteau d'Angkor – en projet

Fatima Tabaamrante – la diva de la chanson amazighe

Mes remerciements à Fatima Tabaamrante pour avoir accepté de paraître sur la couverture de ce livre *(photo du 12 janvier 2015 à Tiznit : célébration du nouvel an amazigh 2965)*

Fatima Tabaamrante défend ardemment la culture amazighe et la condition féminine en tant que poétesse, chanteuse et députée. Le 30 Avril 2012, elle pose la première question en Tachelhit (berbère) au parlement marocain.

Je vous invite à consulter l'excellent article de Lahsen Hira dans le magazine Amazighnews* pour mieux connaître cette culture et cette artiste.

*https://www.amazighnews.net/Fatima-Tabaamrante.html

Diane, native et nostalgique de Marrakech

Diane ramassa sa valise sur le tapis roulant de l'aéroport de Marrakech. Son père, Philippe, l'attendait dans la grande salle d'accès au public à l'écart de nombreuses familles marocaines agglutinées à la sortie des voyageurs. Il était campé dans son attitude légendaire : les mains enfoncées dans les poches de son jeans retenant sa djellaba en plis élégants sur le devant. Cette désinvolture avait toujours agacé sa femme :

— Philippe, explique-moi pourquoi tu portes une djellaba si c'est pour la retrousser aussi haut, une chemise te suffirait ?

Invariablement, il répondait avec ironie :

— Je suis un vrai faux Marocain, je porte la djellaba à la parisienne, ma chère amie, ne vous déplaise ?

Diane sloma entre les familles marocaines et s'approcha de son père qui, ému, prit sa valise, la posa à côté de lui avant de lui asséner un baiser sur chaque joue. Il la tenait par les épaules et la regardait dans les yeux, souriant, visiblement fier de la jeune femme qu'elle était devenue :

— Bon voyage ! Je suis heureux que tu sois venue, Hafid nous attend sur le parking.

Diane lui répondit avec une pointe d'humour :

— Papa, tu m'as promis une balade dans l'Atlas, j'espère que tu n'as pas oublié !

Il ne put s'empêcher de la taquiner et répondit :

– Inch'Allah[1] ! Une promesse est une promesse ! Seulement, comment savoir quand elle va se réaliser ?

Diane sourit, l'humour de son père ne la faisait plus bondir, elle n'était plus une adolescente. Elle mit ses pas dans les siens comme lorsqu'elle était enfant en balade dans l'Atlas. L'instant d'après, apercevant Hafid près de son land-rover, elle accéléra l'allure, son père la suivit des yeux. Hafid chérissait la fille de son meilleur ami comme si elle était sienne. Il saisit les deux mains de Diane, elle baissa la tête pour recevoir un baiser sur le haut du front accompagné d'un affectueux Salam Aleikoum[2].

– Waleikoum Assalam[3], Hafid. Et la famille, ça va ? Répondit Diane malicieusement.

Philippe confisqua la réponse.

– On va chez Hafid. C'est vendredi, Khadija nous prépare le couscous… Tu pourras y rester quelques jours pour te reposer, tu seras bien mieux à Setti-Fatma qu'à Marrakech.

Hafid, mal à l'aise, regarda Diane et il lui dit gentiment :

– Tout le monde t'attend à la maison.

La jeune femme observait son père en espérant vainement une explication. Les mots restèrent coincés dans les gorges. Ses craintes se confirmaient : il avait une nouvelle femme et sans doute

---

[1] Inch'Allah : si Dieu le veut.
[2] Salam Aleikoum : salutation : "Que la paix d'Allah soit sur toi"
[3] Waleikoum Assalam : réponse à la salutation " Que la paix d'Allah soit également sur toi"

habitaient-ils ensemble dans l'appartement du Guéliz à Marrakech ? Qui était-elle ? Elle se sentit soulagée de ne pas avoir à la rencontrer.

Le land-rover remonta la vallée de l'Ourika jusqu'à Setti-Fatma. C'était le village natif de Hafid. Avant de se marier, il avait lui-même construit, dans les hauteurs pour échapper aux crues dévastatrices du torrent, une maison avec une large terrasse. Du deuxième étage, on admirait la montagne : chaque saison apportait sa beauté.

Il avait eu cinq enfants avec Khadija. Seulement deux restaient à la maison, Aziz, qui allait vers ses quatorze ans, et Fatiha, cinq ans, la petite dernière. Les parents de Hafid étaient installés, pour leurs vieux jours, dans une partie du premier étage. Les chibanis[1] occupaient leurs journées en cultivant trois lopins de terre et en surveillant quelques chèvres.

Le land-rover à peine garé, toute la maisonnée sortit joyeusement et Diane sentit son cœur fondre et ses yeux s'embrumer. Khadija la prit sous son aile jusqu'au salon parfumé par le couscous. En lui tâtant les bras, elle s'exclama :

– Cette petite a encore maigri, elle ne mange rien ?

Philippe répondit qu'il la trouvait très bien comme cela et qu'il était mince, lui aussi, à son âge. La grand-mère avait saisi la longue mèche colorée en rouge que Diane arborait comme un trophée et riait du bonheur de revoir la jeune femme. Philippe se sentait dans cette maison comme chez lui, il s'installa sur la terrasse pour préparer le thé.

---

[1] les chibanis : les anciens, les grands-parents

L'appel du muezzin roula dans la vallée, c'était l'heure de la prière du vendredi. Khadija avait préparé une belle djellaba saumon, Hafid l'enfila et rejoignit le flot grossissant des hommes du village se hâtant vers la mosquée. Les femmes s'installèrent dans un coin de la maison pour prier. Diane profita de ce moment pour prendre un peu de repos, elle s'allongea sur l'un des divans du salon. La prière terminée, chaque homme reprit le chemin de son foyer sans trop perdre de temps, pressé de retrouver les siens et de se régaler d'un bon couscous.

Chez Hafid et Khadija, ce vendredi avait un goût de retrouvailles. Comme au bon vieux temps, le maître de maison dépiautait la viande et disposait les morceaux, en petit tas dans le tagine, devant Diane et les deux enfants, Aziz et Fatiha. Philippe s'amusait à les voler pour faire rire la tablée. Son téléphone sonna, il s'empêtra dans sa djellaba et l'extirpa d'une poche de son pantalon visiblement trop tard. Il vit que c'était Mina, sa nouvelle femme, il se promit de la rappeler discrètement dès le repas terminé.

Diane retrouvait ses marques avec bonheur, c'était la fin de l'hiver, les amandiers en fleurs proclamaient un bonheur précoce dans toute la vallée de l'Ourika. Hommes et animaux sentaient la sève monter à nouveau dans leurs corps et les remplir d'une énergie joyeuse.

Les filles étaient pressées, sous le prétexte de ramasser de l'herbe pour les bêtes, elles arpentaient la montagne et s'asseyaient en groupes bruyants dans les passages obligés des torrents. Résolues, elles attendaient les hommes : paysans, éleveurs, marchands. Dès qu'un ou deux s'approchaient, des pourparlers amoureux sans vergogne s'engageaient vivement. Elles les provoquaient et riaient fort des réparties de ceux qui ne se laissaient pas intimider. Les questions étaient directes et sans faux-semblants. Qui es-tu ? Ta famille ? Es-tu marié ? Tu as des frères ? Tu viendras au Moussem ? Où vas-tu ? Quel est ton métier ?

Diane retrouvait dans chaque ruelle de Setti-Fatma un trésor de son enfance. Son père avait parcouru tous les chemins de l'Atlas à partir du village et il avait fini par acheter une maison proche de celle de Hafid. Dès que son travail le lui permettait, il emmenait sa famille à Setti-Fatma pour se délasser de la fourmilière de Marrakech. L'été, surtout, la ville rouge devenait une fournaise et, grâce à Dieu, la vallée de l'Ourika une félicité de fraîcheur. L'eau coulait abondante et claire, des dizaines d'auberges s'abritaient sous des arbres gigantesques aux larges feuilles, des citadins et des touristes s'installaient là, tôt le matin et pour la journée, devisant, se délassant, se délectant de tagines, de thé, de grillades. Puis, le soleil déclinant, les familles se dirigeaient, nonchalantes, vers la station des grands taxis. L'on attendait longtemps son tour pour retourner à Marrakech : c'était sans importance, la journée avait été si belle.

Dès les premiers mois de leur mariage, Philippe avait consacré le dimanche matin à Natacha. Aussi, Diane, avait-elle pris l'habitude de rejoindre Hafid et ses enfants pour la promenade dominicale. Elle, fille unique, adorait ajouter sa main aux autres petites mains que Hafid maintenait fermement dans chacune de ses paluches.

Rien ne semblait avoir changé et le soir venu, Hafid et Diane allèrent se promener et profiter de la fraîcheur. Après les salamalecs d'usage échangés avec chaque voisin rencontré, l'on partageait des avis sur l'avancement des cultures, sur les transhumances des troupeaux, sur la venue des touristes et parfois, la télévision aidant, sur les événements importants du monde.

Un soir, ils poussèrent jusqu'au pont de corde, le franchirent, et s'assirent sur les deux grosses pierres qui soulageaient depuis toujours la fatigue des marcheurs. Le moment parut propice à Diane pour questionner Hafid.

– Tu connais la nouvelle femme de mon père ?

– Oui, répondit-il un peu gêné. Tu devrais plutôt demander cela à Philippe.

Comme pour lui dire un secret, elle se rapprocha :

– C'est entre nous, tu sais bien que je sais me taire.

Hafid ne pouvait rien refuser à Diane. Se grattant la gorge, il commença :

– C'est une femme très bien…

Il s'arrêta, perplexe. Diane insista gentiment.

– Qui est-ce ? Je la connais ?

Hafid s'éclaircit à nouveau la voix et reprit.
– Elle s'appelle Mina, c'est une berbère de Tiznit, elle est réceptionniste au riad « Les mille et une nuits ». C'est une fille courageuse de paysan pauvre qui a commencé, très jeune, à travailler chez des français, à Agadir. Elle a trente ans et pas d'enfant. Elle voudrait se marier et ton père refuse, il ne veut pas se convertir à l'islam. Tu le connais ?

Diane resta un moment silencieuse et, soulagée, plaisanta :
– C'est très bien, je me demande pourquoi mon paternel fait

tellement de manières pour me présenter sa promise.

– Je te l'ai dit, il ne veut pas aller voir l'imam et elle veut se marier.

Avec un petit sourire malicieux, Hafid rajouta :

– Il va bien falloir qu'il accepte, il ne pourra pas faire autrement.

Ensemble, ils se mirent à rire puis se levèrent pour reprendre le chemin du retour qui passait justement devant la maison d'enfance de Diane. Surprise, elle s'arrêta puis se tournant vers Hafid, elle lui demanda :

– Papa a loué notre maison ? Regarde, elle est ouverte.

Hafid s'immobilisa et lui répondit sur un ton qui se voulait évident :

– C'est ma copine qui a loué, j'ai ouvert les fenêtres pour aérer….

Diane resta clouée sur place. Elle pensa, dans un premier temps, avoir mal entendu, elle se ravisa, elle avait bien compris.

– Toi, Hafid, tu as une amie !

Elle avait planté son regard dans celui de Hafid. Lui, il essayait de trouver des mots pour lui répondre. Désarçonné, il bredouilla :

– Oui, c'est ma copine… Enfin… Je…

Il ravala sa salive avant d'aspirer une goulée d'assurance et affirma :

– Elle me plaît, je l'aime.

Cette déclaration d'amour fut suivie d'un long silence éloquent. Puis, cherchant à trouver un peu de compréhension, Hafid se confia :

— Si tu savais la guerre que cela a été avec Khadija ! J'ai cru qu'elle allait me tuer, elle m'a chassé de la maison. Elle avait mis le village à feu et à sang et elle était allée voir une association de femmes à Marrakech pour demander le divorce !

Diane l'interrompit :

— Tu parles d'un coup pour elle ! La zina[1] !

Hafid ne sut que répondre, il eut l'impression de s'excuser en ajoutant :

— Elle n'est pas là en ce moment, elle travaille dans le sud de l'Espagne, elle cueille des fruits et ramasse des légumes, elle devrait bientôt revenir.

— Dans le sud de l'Espagne !! Dans le sud de l'Espagne !! Répétait Diane, déconcertée. Tu la laisses partir seule ?

— Inch'Allah ! Les femmes maintenant, tiens, elles décident, elles font ce qu'elles veulent ! Comme les françaises ! Diane se tut un instant, se calma puis jugea bon de changer de sujet.

— Ma mère m'a téléphoné hier soir, elle m'invite à son mariage.

Hafid secoua la tête en écarquillant les yeux comme des soucoupes, s'en était trop, il prit Diane par le bras et ils rentrèrent à la maison.

[1]Zina : la zina est généralement définie par la loi islamique comme une relation sexuelle illégale hors mariage.

Le visage de Diane était un livre ouvert sur ses émotions, Khadija devina qu'elle savait. La jeune femme, émue, se dirigea vers elle et lui donna trois baisers, dont deux sur la même joue, à la maghrébine. La femme bafouée lança un regard des plus noirs à son mari et disparut dans la cuisine. Diane était écartelée entre les deux, elle ne comprenait pas comment Hafid, si bon époux et si bon père avait pu changer à ce point. Elle partit aider Khadija et partagea, silencieuse, sa révolte.

La jeune femme avait du caractère, elle supportait mal toutes ces cachotteries et prit la décision de rencontrer son père dès le lendemain. Ainsi fut fait. Ils devaient se retrouver, à treize heures précises, au Café de Paris du Guéliz pour déjeuner ensemble.

Elle l'attendit un peu trop longtemps à son goût et lui manifesta son impatience dès son arrivée :

– Papa, je suis là depuis une demi- heure.

– Excuse-moi, ma chérie, j'étais en rendez-vous et mon client est arrivé en retard alors tu comprends… Bon, comment vas-tu ? Tu t'es reposée ?

– Papa, je t'en prie… Ne sois pas hypocrite… Je suis venue te parler.

– Hypocrite ! Tu n'y vas pas avec le dos de la cuillère…
– Pourquoi fais-tu tous ces mystères ? Tu as le droit d'avoir une femme…

– Oui, bon. Je vais te dire. J'ai une amie ….

Un ange passa avant que Philippe reprenne le fil de son annonce.

– Et je voulais que nous en parlions avant que tu la rencontres.

– Je m'en suis doutée à l'aéroport. Pourquoi tous ces secrets ?

– Hé bien voilà…

Philippe s'arrêta, avança sa chaise, se pencha sur la table pour se rapprocher de sa fille et se confia sur un ton plus bas.

– Hé bien voilà… Mina est une berbère de Tiznit, fille d'un paysan pauvre…

Il s'interrompit à nouveau, Diane rongeait son frein…

– Je sais, c'est une berbère de Tiznit, elle a été bonne chez des français et maintenant elle travaille au riad « Les mille et une nuits ».

– Bonne, je ne t'ai pas appris à parler comme cela, tu pourrais dire employée de maison ? Et puis, qui t'as dit tout cela, Khadija ?

– Papa, tu m'agaces. Non, c'est Hafid.

– Ouuu !! Celui-là, je vais lui torde le cou… Je te disais, c'est une Berbère de Tiznit qui a le même âge que toi, lâcha Philippe.

– Hum ! C'est ça ton problème !

– Tu sais, ma fille, j'ai attendu ta mère deux ans, je croyais qu'elle était partie à Paris seulement pour le théâtre !

– Papa, tu es un grand naïf !

– Bon ! Tu permets ! Je continue maintenant puisque tu veux tout savoir. Donc, j'ai attendu ta mère deux ans et j'avais pris l'habitude de prendre mon café au riad « Les mille et une nuits ». Je déteste déjeuner seul le matin. Un mardi, Mina n'était pas là pour me servir, j'ai attendu le vendredi avant de demander ce qui lui était arrivé.

— Finalement, Papa, tu attends beaucoup les femmes !!

— Très drôle ! Je te remercie ma douce fille. Je te ferais remarquer que toi aussi je t'ai beaucoup attendue, le soir, devant les boîtes de nuit, sommeillant dans la voiture quand tu sortais soi-disant avec des copines…

— Papa, tu ne vas pas recommencer tes vieilles rengaines…

— Non, revenons à mon histoire. Mina était malade. J'ai demandé son téléphone à l'une de ses collègues pour prendre de ses nouvelles… Voilà, c'est comme cela que ça a commencé. Maintenant, elle vit avec moi et je crois bien que je vais me marier.

— D'accord, mais pourquoi tant de mystères ?

— Ta mère m'a téléphoné hier, maintenant elle veut divorcer, donc plus de problème !

— Je sais, elle m'a invitée à son mariage.

— Maintenant, je dois te dire, Mina voulait te rencontrer, seulement, j'ai préféré te parler avant. Tu es toujours chez toi dans l'appartement du Guéliz et tu peux reprendre ta chambre quand tu veux, ma fille chérie.

— Où est Mina ?

— Elle est partie voir son père dans son village près de Tiznit.

Le père et la fille avaient retrouvé leur complicité. Philippe était soulagé, sa fille le comprenait, l'acceptait. Diane prit une inspiration, elle aussi avait un secret à révéler :

— Papa, je vais m'installer à Marrakech.

— Marrakech, après l'École du Louvre, est-ce le bon endroit pour valoriser tes études ?

— D'accord avec toi, Papa. J'ai fait ce choix parce que je ne peux plus vivre sans Hassan.

— Pourquoi Hassan n'irait-il pas à Paris avec toi ?

— Papa, tu sais bien, c'est impossible, il ne peut pas quitter sa mère.

— Ha, oui, bien sûr.

Philippe était réticent et resta un moment à réfléchir, Diane attendait son avis pour la forme, elle avait déjà tout décidé.
— Tu as grandi ici, c'est ainsi que je l'ai voulu. Avec le temps, j'ai compris que, toi et moi, nous appartiendrons pour toujours à ces deux mondes : l'Europe et le Maghreb. A chaque tournant de notre vie, notre cœur balance.

— T'as raison. Papa, j'aime bien quand tu philosophes bien que je préfère encore la tarte maison au citron.

Philippe rit en appelant le garçon :

— Une tarte au citron pour Diane, s'il te plaît, Brahim.
— Comme toujours ! Toute petite déjà…

Diane interrompit ce grand moment de nostalgie :

– Brahim, t'es grand-père maintenant ?

– J'ai deux petites-filles, je t'amène les photos avec la tarte.

Avant de se quitter, Diane dit à son père qu'elle passerait demain soir chez eux. Son père rectifia : chez elle. Les deux se sentaient réconciliés et heureux.

Mina, la courageuse de l'Aïn Ouled Jerrar

Mina, la nouvelle femme de Philippe, était native de l'Aïn Ouled Jerrar, un village entouré de remparts dans une immense oasis riche de l'eau de sa source et proche de Tiznit dans le Sud marocain. Ici et depuis toujours, la terre rouge avait servi à construire riads, kasbahs et maisons paysannes.

L'histoire de cet endroit, de tout temps convoité pour sa richesse, est mouvementée. Vers 1250, un souverain berbère, Ali Ben Yadder, se fit aidé par la tribu arabe Maq'il venue du Yémen, pour rétablir l'ordre. Rapidement, les Arabes s'installèrent et dominèrent cette terre plantée d'innombrables arganiers. Ils eurent de nombreux esclaves africains qui eux, ne cessèrent de veiller, pendant des siècles, sur la transmission de leur culture et de leur musique.

Mina, petite fille, entendait gangas[1] et qraquechs des gnawas[2] d'origine africaine qui jouaient des heures durant leur musique de transe. Avec les autres enfants, elle s'amusait à danser dans le mellâh abandonné par les Juifs dans les années soixante après qu'ils y aient vécu de nombreux siècles en paix. Le quartier juif était devenu un terrain de jeu fabuleux.

---

[1] gangas et qraquechs : tambours et crotales en fer
[2] Les gnawas, originaires d'Afrique occidentale, ont été amenés en tant qu'esclaves au Maroc. Ils se sont ensuite métissés à la population locale et se sont organisés en confrérie pour créer un culte original mélangeant les apports africains et arabo-berbères.

Chaque fin d'après-midi, les femmes s'accroupissaient à même le sol, en petits groupes, les unes serrées contre les autres pour échanger des nouvelles. Enveloppées dans leurs voiles, elles ponctuaient de multiples taches colorées le paysage. Leur douce présence faisait oublier la chaleur et la poussière de la journée, puis le soleil devenait subitement d'un rouge brun jusqu'à ce que son disque enflammé plonge derrière l'horizon.

Le père de Mina, un Berbère, avait exercé une foule de petits métiers pour nourrir sa famille. Il devenait aiguiseur de couteaux pour l'Aïd el Kébir, la grande fête de l'islam, forgeron pendant la période des labours, meunier dans un moulin à olives au moment de la récolte. Il n'avait pas son pareil pour réguler le pas du dromadaire qui, les yeux bandés, tournait inlassablement, entraînant la lourde pierre ronde qui écrasait les olives. L'hiver venu, il soudait les théières et les casseroles percées, rapiéçait les socles des charrues, les serpes, les faux et les scies. Des outils mutilés par le travail et vieux comme le monde s'entassaient devant sa forge.

Mais, ce qu'il préférait, c'était soigner son jardin. L'Aïn Hassoun, la source bénie, déversait son eau en abondance dans les séguias[1]. Les parcelles étaient partagées par des murs de terre et plantées d'oliviers, de figuiers, de bananiers et d'arganiers. Les légumes poussaient sans effort : fèves, tomates, carottes, navets, oignons, courgettes, poivrons, piments, pommes de terre et patates douces. Des carrés de menthe, de verveine, d'estragon, d'absinthe, de coriandre répandaient leurs parfums. Les jardins avaient un goût

---

[1] séguia : un canal d'irrigation à ciel ouvert que l'on rencontre souvent dans les oasis en Afrique du Nord

de paradis et tous appréciaient d'y passer de longues heures à y travailler ou à y flâner.

La mère de Mina mourut en donnant naissance à son quatrième enfant qui fut allaité par une voisine. Mina étouffa dans son cœur sa douleur. Son père prit rapidement une autre épouse : il fallait une femme pour s'occuper des orphelins. Il décida aussi de marier Mina dès ses quinze ans pour alléger ses charges familiales.

Elle refusa et osa proposer à son père de la placer comme employée de maison chez des Français : s'il lui accordait cette grâce, elle lui donnerait son salaire jusqu'à son mariage. Les pourparlers entre le père et la fille restèrent secrets : le père aurait préféré la perdre plutôt que d'accepter ce déshonneur.

Un Français, rencontré un jeudi au grand souk de Tiznit, lui dit :

— Va voir Monsieur Morel, à Agadir, il cherche une bonne pour sa maison.

L'homme déchira une feuille de journal et y inscrivit l'adresse et le téléphone du futur employeur. L'affaire fut rondement menée. À peine une semaine plus tard, le père abandonna, le cœur serré, sa fille à sa nouvelle vie. Il ne laissa rien transparaître de son émotion.

Mina travailla sans faillir pendant dix ans. Levée tôt, le matin, elle astiquait la maison, préparait la cuisine, nettoyait le linge jusqu'à tard le soir. La maîtresse, bien que satisfaite de son travail, ne relâchait jamais le joug. Elle dirigeait sa maison d'une main de fer. Mina gagnait sa confiance jour après jour. Lorsque ses patrons retournèrent en France pour leur retraite, ils lui confièrent la garde de leur résidence. À vingt six ans, elle était devenue une personne responsable et éduquée, parlait un français correct qu'elle continuait à perfectionner dans une association féminine à Agadir.

Quelques mois après, elle proposa ses services comme réceptionniste au riad « Les mille et une nuits » de Marrakech. Le propriétaire accepta sa candidature à la condition qu'elle ne porte pas le voile sur le lieu de travail. En proie au doute, Mina hésita longuement avant de se décider.

Le premier jour de son embauche, elle se rendit à l'hôtel vêtue d'un élégant tailleur - pantalon et veste - et garda son voile dans la rue. Ce n'est qu'au vestiaire du personnel qu'elle le laissa glisser sur ses épaules. À cet instant, elle sentit le sol se dérober sous ses pieds et entendit ses parents pleurer derrière elle. Elle revit sa maman lui attachant affectueusement son voile avec une jolie petite broche ornée de brillants qu'elle tenait elle-même de sa mère.

Mina glissa ses doigts dans ses cheveux aplatis pour leur donner du volume. Au moment de franchir la porte, ses forces l'abandonnèrent et elle avait déjà remis son voile lorsqu'une employée entra. Elle aussi, avait eu à déposer son voile au vestiaire, elle prit Mina par les épaules et tête contre tête, elles se mirent à fredonner une petite chanson que les fillettes marocaines aiment à psalmodier. Mina, retrouvant son courage, posa à nouveau son voile, ouvrit la porte et se dirigea vers le comptoir. Un client l'intercepta :

— Je suis déjà en retard, pourriez-vous m'appeler rapidement un taxi ?

— Bien sûr, tout de suite.

Un instant, elle se sentit perdue comme une enfant que l'on eût jetée dans une rivière sans qu'elle sache nager. Pourtant, elle trouva les mots et les gestes qu'il fallait pour assumer sa décision. Pendant plusieurs semaines, elle se sentit honteuse et elle évitait son reflet dans les miroirs.

À l'Aïn Ouled Jerrar, son village natal, personne n'avait jamais rien compris à l'énigmatique Mina. Chacun avait largement médit sur la jeune fille et son père en avait souffert jusqu'au jour où sa réussite transforma la médisance en jalousie. Elle était devenue un modèle pour celles qui rêvaient secrètement d'échapper à leur destin de campagnarde.

Les filles interrogeaient discrètement Zakaria, l'épicier du village. Penché sur son comptoir pour donner un ton confidentiel à ses affirmations, il disait l'avoir rencontrée à Marrakech et donnait toutes sortes de précisions sur sa splendide réalisation.

– Elle est toujours bien habillée, bien maquillée, elle a une voiture et maintenant elle va acheter un hôtel avec ses économies…

Chaque jour, la vie de Mina s'embellissait, Zakaria alla même jusqu'à l'envoyer en vacances en France. Il avait dégoté un magazine où des photos de la Côte d'Azur, ses beaux hôtels, ses plages sophistiquées, s'étalaient sur plusieurs pages. Les filles mangeaient des yeux les images en tournant les pages. Zakaria s'amusait beaucoup. Toutefois, ses amis n'appréciaient guère ses façons, cela ne leur semblait pas très malin de donner des idées pareilles aux filles.

Le téléphone arabe, plus rapide que la fibre optique, apprit à tous, en un temps record, que Mina venait visiter son père. Un voisin, Brahim, retraité d'une vie de mineur dans le nord de la

France, se proposa immédiatement : il irait la chercher à Tiznit avec son véhicule, un quatre-quatre flambant neuf, d'un beau gris métallisé, les portières ourlées de noir, à peine âgé d'une quinzaine d'années. Un habile carrossier aidé d'un ami mécanicien avait offert une seconde jeunesse à l'engin déclaré invalide dans une casse lilloise.

Depuis quelques mois, la santé du chibani s'était détériorée et l'on disait qu'il priait chaque jour pour que Mina, sa fille préférée, lui rendre une visite, certainement la dernière. Cinq heures de bus furent nécessaires à Mina pour venir de Marrakech.

Elle franchissait maintenant, en compagnie de Brahim, la lourde porte bleue en fer de la demeure familiale percée dans la haute muraille en pisé qui garantissait l'intimité de la famille et protégeait les femmes des regards extérieurs. À l'intérieur, les bâtiments en terre d'un brun rouge, cinq à six pièces, indépendantes et réparties en forme de U, s'ouvraient sur un terrain central encombré d'outils : des houes, des échelles en bois, des pelles, des râteaux, des meules d'aiguisage, des pressoirs en pierre pour l'huile d'argan… Les deux frères de Mina étaient installés là avec leurs femmes. Une belle marmaille poursuivait, sans relâche, avec des voitures en boîte de conserve les poules et les chèvres excédées.

Avertie par les gamins de l'arrivée des visiteurs, la femme du père de Mina sortit de la cuisine, l'embrassa et lui désigna d'un geste las la chambre où reposait celui-ci. Brahim alla saluer le chibani et s'éclipsa dès que Mina s'agenouilla près du lit de son père pour lui baiser la main. Heureux et soulagé, il la regardait, et, avec le peu de forces qu'il lui restait, il lui murmura :

— Tu n'as pas toujours été une fille obéissante mais je te pardonne. Trop de travail, trop de soucis, je ne t'ai pas toujours bien comprise. Tu n'a pas eu d'enfants, malgré cela, je suis fier de toi.

Mina ne pouvait retenir ses larmes : elle les écrasait l'une après l'autre sur ses joues. La femme du malade entra avec le thé. Le père fit l'effort de s'asseoir pour partager le breuvage revigorant avec sa fille. Mina cala affectueusement un large coussin dans son dos avant d'approcher le verre près de ses lèvres. Après quelques gorgées, affaibli, il demanda à s'allonger. Un instant après, un grand râle lui ouvrit la bouche et la petite étincelle de ses yeux s'éteignit.

Sa femme sortit en pleurant et criant. Les voisins accouraient, les femmes essayaient de la calmer. Mina, après avoir passé les mains sur les yeux de son père, se mit à réciter à voix basse la profession de foi musulmane, la Shahâdâ :

Il n'y a de Dieu que Dieu et Mohammed est son prophète et son messager.

La famille fut vite réunie autour du défunt. Le frère aîné rappela à tous qu'ils devaient surveiller leur pensée auprès du mort et ne dire que du bien. Les villageois se chargèrent d'annoncer le décès aux alentours et la maison resta ouverte pendant trois jours pour recevoir les condoléances. Les hommes s'installèrent dans les pièces contiguës où le mort reposait et les femmes et leurs enfants se réfugièrent dans les autres, plus éloignées. Les fils se chargèrent de la toilette du mort, puis le corps fut enveloppé dans le kafan[1], une étoffe blanche, longue d'une dizaine de mètres et composé de trois pièces.

Les chevilles, les genoux et les mains furent ligotés, un autre lien retenait le linceul entouré autour de la tête. L'enterrement eut lieu le lendemain matin. Ses fils portèrent leur père sur leurs épaules jusqu'au cimetière. On plaça la dépouille orientée vers la Mecque et

[1]Kafan : linceul pour le musulman

sur le côté droit avant de détacher les liens et de la recouvrir de terre. Les femmes, restées à la maison, priaient et pleuraient.

Au retour de l'enterrement, le village partagea un couscous préparé par les voisins. Une partie du festin fut offerte aux plus pauvres près du cimetière. Personne ne s'appesantit longtemps sur la douleur, la vie reprit très vite, chacun devant vivre pleinement ce que Dieu lui réservait jusqu'au moment de sa propre mort.

David, un musicien juif à la recherche de ses origines

Trois jours avant l'arrivée de Mina, Zakaria, l'épicier de la grande place, avait été très étonné de voir arriver un taxi de Tiznit - couleur vert foncé - à une heure très tardive. Le chauffeur était descendu de la Mercédès suivi d'un homme jeune, d'une trentaine d'années, en jean et tee-shirt. Les enfants avaient cessé de jouer au ballon et s'étaient approchés, curieux, du visiteur.

Le chauffeur avait demandé à Zakaria où trouver le riad d'Abdellatif, le descendant du grand caïd. Les enfants avaient répondu dans une joyeuse cacophonie qu'ils savaient et avaient suivi, espérant un dirham, les visiteurs jusqu'à la grille en fer forgé du petit riad. Le chauffeur les avait chassés avant de sonner.

Visiblement, David était attendu. Abdellatif, un homme d'une quarantaine d'années, accourut et lui souhaita la bienvenue. Le chauffeur déposa le bagage et la valise en cuir du violon qui ne quittait jamais le musicien sous des arcades blanches. Il encaissa sa course et s'éclipsa, pressé.

David fut invité à asseoir sur une longue banquette garnie de coussins. Une femme et une petite fille se tenaient discrètement sur le pas d'une porte, Abdellatif les présenta fièrement :
– Saïda, ma femme, et Fatimzara, ma fille.

– Salam Aleikoum…

La mère et la fille émirent un Waleikoum Assalam étouffé par la timidité et rentrèrent précipitamment dans la cuisine pour préparer le thé.

Malgré l'obscurité, le voyageur devinait la magnificence du jardin et de ses canaux, l'endroit était tellement paisible qu'il en oubliait sa fatigue. Le moment lui parut d'autant plus délicieux qu'il avait quitté son domicile parisien sous une petite pluie pénétrante le matin même.

Depuis plusieurs mois, David dormait mal et ses nuits se remplissaient de cauchemars. L'un d'eux était récurrent : il se voyait dans une grande maison en ruine jouant du violon sans qu'aucun son ne sorte de l'instrument. Cela le torturait. Alors, il se réveillait et jouait pour se calmer. Son grand père, inquiet, l'avait questionné :

– Je t'entends souvent jouer la nuit, pourquoi ne dors-tu pas ?

David lui confia son désarroi et lui exposa ses récentes difficultés de musicien : un chef d'orchestre lui avait fait des observations désagréables mais justifiées sur son jeu. Il en souffrait terriblement.

Le vieil homme avait traversé dans sa vie des moments de doute intense. Dans ces périodes-là, il se sentait paralysé par des souvenirs douloureux. Brusquement, l'avenir de ses enfants lui apparaissait obscur. Pour retrouver le goût de la vie, il se plongeait, des heures durant, dans sa mémoire en contemplant quelques images de son enfance et des petites reliques de sa famille. Ainsi, il reconstruisait pas à pas son passé et celui de ses ancêtres.

Le grand père sortit donc, à nouveau, sa boîte à souvenirs. Il les partagea comme il l'avait déjà fait mille fois avec David. En prenant la main de son petit fils – il attendait ce moment depuis si longtemps – il lui confia son espérance la plus secrète :

– Je voudrais que tu visites l'Aïn Ouled Jerrar, dans le sud du Maroc. C'est la terre de nos ancêtres. Ton aïeule, Sarah, avait une amie qui est encore en vie. Elle a quatre-vingt-cinq ans, elles furent deux des huit femmes du grand caïd. Malheureusement, il te faudra y aller seul, je ne pourrai pas t'accompagner, je suis trop malade et mon docteur me l'interdit. Alors, si tu pouvais me ramener un peu de terre de notre maison ?

David opina de la tête, en un éclair, il venait de décider qu'il allait effectuer ce voyage pour son grand-père, pour lui-même et tous les autres membres de sa communauté. Jusqu'alors la musique seule l'avait accaparé. Il sentit que le moment était venu de se relier à ses ancêtres et de tisser la mémoire qui adoucit les séparations, toutes les séparations pour solidifier ses racines.

Saïda, accompagnée de Fatimzara qui ne voulait pas en perdre une miette, déposa le thé sur la table basse et rassurée par l'attitude bienveillante de son hôte, lui dit :

— Bienvenue, David, notre grand-mère dort, tu la verras demain.

David lui sourit, il se sentait détendu, en accord avec lui-même. Il écouta attentivement Abdellatif qui lui narrait l'histoire de l'Aïn Ouled Jerrar et du grand caïd, son grand-père paternel, tout en sirotant son thé.

— Ma mère pourra te parler de Sarah, ta grand-mère, elles étaient amies. Elles étaient deux des musiciennes de l'orchestre féminin du grand caïd, d'ailleurs toutes les femmes de son harem jouaient de la musique. Mais tu dois être fatigué après cette longue journée de voyage ? Si tu veux te reposer, ta chambre est là.

David aspirait au repos, il remercia ses hôtes de leur hospitalité avant d'entrer dans sa chambre : une grande pièce blanche meublée très sobrement. Un large lit était recouvert d'une couverture en laine écrue et brune et un chandelier juif à sept branches était posé sur une table basse garnie de trois petits tabourets en corde tressée. Au sol, un tapis ancien laissait voir les carreaux en terre aux endroits usés. Sur les murs, des tableaux illustraient la vie dans l'oasis. Malheureusement, la splendeur des peintures du plafond en bois était fortement altérée. Cependant, tout laissait penser que l'endroit avait   été   fastueux.

Au-dessus de la cheminée, l'ancien caïd trônait dans un immense cadre, l'allure était martiale, l'ouverture du drapé de son burnous laissait deviner un poignard recourbé en pur argent filigrané, le regard affûté et déterminé exprimait un caractère conquérant, sans complaisance et certainement tyrannique.

David fit sa prière et prit le temps d'envoyer un message à sa famille avant de sombrer dans le sommeil. Son grand-père fut ému de savoir son petit-fils à l'Aïn Ouled Jerrar.

Tôt le matin et agréablement réveillé par le chant des oiseaux du jardin, David se leva. Une belle journée s'annonçait. À peine sorti de sa chambre, il aperçut la grand-mère penchée sur le canal qui s'affairait au nettoyage de la vaisselle. Elle l'entendit, se releva vivement et se dirigea vers son hôte. Il lui ouvrit les bras et l'embrassa, elle était émue mais ses propos restaient incompréhensibles pour David. Abdellatif vint à son secours :

– Ma mère te bénit, elle remercie Dieu de lui donner la chance de rencontrer le petit fils de Sarah.

Puis d'un geste, il invita David à prendre place pour le petit déjeuner et à goûter le pain frais dans l'huile d'olives. Abdellatif se réjouissait aussi de cette journée tellement attendue. Il appréciait cette visite, l'ouverture d'esprit de David, sa légèreté, il partageait sa sensibilité artistique. S'adressant à lui comme à un vieil ami, il lui proposa :

– Après ce petit déjeuner, nous allons visiter le mellâh, si tu veux ?

— Bien sûr, ce sera un grand plaisir pour moi. Je prendrai mon appareil photo.

— Ma mère voudrait nous accompagner, qu'en penses-tu ?

— Évidemment, mais peut-être est-ce un peu loin ?

— Un voisin viendra avec une petite charrette, elle pourra s'y asseoir si elle se sent fatiguée.

Fatimzara avait obtenu de son père l'autorisation de faire l'école buissonnière et d'accompagner la petite troupe au mellâh. Infatigable, elle sautait de tous les côtés. La grand-mère refusa de s'asseoir dans la charrette, mais le voisin suivit, au cas où son service deviendrait nécessaire.

En passant la grille d'entrée de la demeure d'Abdellatif, David demanda :

— Mais quelle est cette belle porte, juste en face ?

— C'est l'entrée du grand riad, nous habitons le petit riad. répondit Abdellatif.

On avança encore de quelques dizaines de mètres avant de passer sous une large voûte où alternaient des claveaux blancs en pierre et rouges en briques, Abdellatif précisa :

— Au temps du grand caïdat, ce passage était fermé par une grande porte qui protégeait son espace privilégié, sur la gauche, il y avait le bâtiment qui abritait les esclaves noirs, les gardes, les soldats, les serviteurs et les servantes, tous ceux qui étaient rattachés de près à son service.

la porte du Caïdat

Photo:Garneret.A

Peu soucieuse de l'histoire, la grand-mère avait pris la main de David et lui parlait. Abdellatif traduisait :

– Tu es le petit fils de mon amie Sarah, notre maison est la tienne. Si tu veux venir vivre ici avec nous, tu es le bienvenu.

David l'embrassa sur la main avec beaucoup d'affection en déclinant l'invitation.

Sur le chemin du mellâh, on croisait des villageois. Curieux, ils s'arrêtaient pour interroger Abdellatif :

– Qui est ce visiteur ? Où allez-vous ?

– C'est David, un petit-fils de Sarah, l'une des femmes du harem du grand caïd, une juive. Nous allons visiter le mellâh.

Les villageois lui souhaitaient la bienvenue. Rien ne semblait les surprendre dans la démarche de David, eux qui connaissaient tout de leur passé, ancrés qu'ils étaient dans ce village depuis toujours. Les plus vieux disaient qu'il avait fallu beaucoup de temps avant de revoir un Juif à l'Aïn. L'un demanda même des nouvelles d'un de ses amis. David ne put répondre, il ignorait son nom et en conséquence l'endroit où sa famille avait pu immigrer.

La petite troupe abordait la grande place du village, à l'angle, comme d'habitude, se tenaient les hommes, beaucoup étaient noirs. Adossés au mur, ils devisaient des heures durant. Abdellatif présenta son nouvel ami et précisa qu'il était musicien, un violoniste. Plusieurs hommes appartenaient à la confrérie Gnawa et plus encore que le Juif, ce fut le musicien qu'on apprécia. L'assemblée bruissa et l'on vit un jeune homme partir en courant. De retour, il remit fièrement à David le premier CD de musique gnawa du village. Le visiteur, touché au cœur, promit de revenir pour partager la musique.

La grand-mère demanda à s'asseoir dans la charrette, son fils la souleva et l'installa magnifiquement au fond, comme une reine.

L'on prit congé du groupe et l'on descendait, maintenant, la rue principale du village. Abdellatif fit remarquer que les maisons effondrées étaient le plus souvent des boutiques juives. Les Juifs avaient quitté le village seulement depuis quelques dizaines d'années mais le temps avait fait des ravages considérables sur ces constructions en terre. David se souvint de son grand-père qui répétait souvent :

" Tout retourne à la terre et seulement ceux qui cultivent la mémoire ne seront pas orphelins".

La rue se terminait sur une large voûte qui s'ouvrait sur les jardins extérieurs, l'on tourna sur la gauche et suivit un mur d'enceinte percé d'ouvertures, portes et fenêtres plutôt grandes. Il s'arrêta devant une porte dont il détenait la clé et l'ouvrit avec précaution pour éviter de l'abîmer plus qu'elle n'était. Il dit ce simple mot en laissant passer son hôte en premier :

– La synagogue.

Le cœur de David s'était mis à battre fortement en entrant dans ce lieu de culte juif. Sur la gauche, il restait une pièce dont deux murs étaient encore debout, tout le reste était écroulé. La nature avait repris ses droits sur le mellâh, les maisons étaient devenues des monticules de terre, les canaux s'étaient cassés et l'eau s'infiltrait partout, la végétation en avait profité allégrement : l'herbe était abondante, les figuiers, les grenadiers, les oliviers avaient poussé et formaient des massifs bas et denses. L'on devinait encore le tracé des rues qui avaient mieux résisté à la puissante végétation.

L'on entendit la grand-mère fulminer, la charrette rencontrait des difficultés dans le passage de la porte. Son fils la prit dans ses bras telle une enfant pour la déposer près de David. Elle lui saisit le bras. Il lui tapota affectueusement la main avant de saisir son talit[1] dans son sac en bandoulière et de s'en recouvrit la tête et les épaules avant de prier. Chacun respecta ce moment de recueillement et le

[1] le talit : châle de prière juif

bruissement de l'eau d'un canal proche apportait au silence sa douceur.

Dès que David retira son voile de prière, la grand-mère le mena à la maison de sa famille. Il parcourut de la main quelques morceaux de murs encore debout avant de se baisser pour toucher le sol. Ensuite, il sortit de sa poche une petite boîte qu'il remplit soigneusement de terre avant de l'entourer solidement d'un élastique et de la remettre dans sa poche. Il était attentif à ses pensées, à ses sentiments, à ses sensations. Il espérait trouver dans ce lieu les certitudes et l'espérance de ceux qui cherchent leurs origines après en avoir été éloignées.

Comment vivre sans connaître ses racines ? Se demanda-t-il intérieurement. La réponse ne vint pas et il se sentit de plus en plus envahi par la mélancolie. Il se réfugia par la pensée auprès de son grand-père et sourit en se souvenant que celui-ci l'avait maintes et maintes fois mis en garde contre la nostalgie.

"Cette dame-là est trop proche de la tristesse, laisse-la pleurer dans son château. Sors, amuse-toi et partage la joie avec tes amis".

La grand-mère trouvait un vif plaisir à redonner vie au mellâh :

— Là, c'était un artisan bijoutier, là, une boutique de tissus, et là-bas, tout au fond, il y avait une petite fabrique de bougies. J'y allais avec mon père.

Elle était intarissable et son fils dut intervenir :

— Nous devons repartir maintenant, tu finiras de raconter toutes ces histoires à la maison.

David demanda encore un moment pour photographier quelques endroits, la petite troupe l'attendit avant de prendre le chemin du retour.

Saïda servit le thé dès leur arrivée au petit riad, des graines de semoule du couscous qu'elle roulait étaient restées collées à ses doigts, elle essuya ses mains sur son tablier avant de disparaître dans sa cuisine pour parachever son œuvre culinaire.

La grand-mère avait encore tellement de souvenirs qu'Abdellatif fut à nouveau réquisitionné pour une traduction simultanée. Elle avait mis sa main dans celle de David, visiblement heureuse de raconter son passé :

— Sarah avait été mariée à un Juif, un commerçant qui voyageait jusqu'au nord du Maroc pour ses affaires. Elle avait déjà deux enfants lorsqu'un hiver, son mari s'était noyé en traversant à cheval un oued aux eaux furibondes. Sarah, jeune veuve, jouait du violon pour se consoler. Le grand caïd était un conquérant qui connaissait parfaitement la vie nomade et la guerre. Ses voyages lui firent découvrir l'Andalousie. Il apprécia tellement cette civilisation qu'il intégra ses arts, musique et architecture dans son caïdat.

La grand-mère se tut un long moment, plongée qu'elle était dans ses souvenirs. Son fils interrompit sa rêverie et lui demanda de continuer son récit. Elle eut un regard plein de tendresse pour David et poursuivit :

— Le caïd avait décidé que toutes les femmes de son harem seraient musiciennes. Il fit venir un maître de musique de Tétouan qui leur enseigna la musique arabo-andalouse, le visage tourné vers le mur pour respecter les coutumes. Un jour, Sarah fut invitée à jouer dans l'orchestre féminin. Le caïd fut littéralement conquis par son grand talent de violoniste. Quelques mois après, le caïd demanda au père de Sarah d'épouser sa fille. Celui-ci autorisa cette alliance peu commune et Sarah devint la huitième épouse du caïd et ma plus grande amie. Elle n'eut pas d'autres enfants et la musique fut sa raison d'être.

Des souvenirs fabuleux affluaient à la mémoire de la grand-mère, elle continua :

– Nombreux étaient les soirs où le grand riad accueillait des visiteurs pour des soirées de musique, de poésie, de réflexions théologiques sur le Coran. Seulement, il y avait deux orchestres : l'un composé d'hommes qui jouaient pour les invités et l'autre composé des femmes qui jouait pour le caïd. Parfois, lors de ces soirées intimes, il faisait installer des tentures pour le séparer de ces musiciennes. Certains dirent qu'il en profitait pour disparaître pendant le concert et, habillé en simple sujet, il parcourait les villages en tendant l'oreille aux propos de ses sujets. Homme redoutable, il ne faisait confiance qu'à lui-même, on dit qu'ainsi, il étouffa dans l'œuf nombre de rébellions.

La grand-mère présentait des signes de fatigue et son fils lui demanda de se reposer. David la remercia tendrement.

Souriante, Mina venait de poser sur la table basse son magnifique et légendaire couscous et les convives s'installèrent pour une nouvelle fête des papilles. A la fin du repas, Abdellatif s'absenta et revint avec un panier de fraises printanières qu'il dut tenir à bout de bras pour freiner l'ardeur de Fatimzara trop affamée de dessert. Le père éleva la voix et la gamine bougonna avant de se calmer.

Le repas terminé, Abdellatif et David s'installèrent seuls, au fond du jardin, pour un moment d'amitié. David ouvrit son cœur :

– Le jardin, ses fleurs, ses odeurs, ses fruits, le clapotis de l'eau courant dans les canaux, tout cela m'inspire. Des musiques naissent dans mon esprit, j'ai déjà posé quelques notes sur du papier, j'aimerais revenir pour travailler mon violon et peut-être écrire quelques morceaux.

Abdellatif, sensible à l'art, offrit l'hospitalité du grand-maître qu'il était à son ami :

– Tu es ici chez toi, nous arrangerons une chambre, tu en auras la clé, tu y viendras quand tu voudras. C'est un honneur et une grande joie pour moi de rencontrer un artiste comme toi. C'est une tradition de famille, mon grand père accueillait beaucoup d'artistes et musiciens au riad.

Les deux hommes se donnèrent l'accolade pour sceller leur engagement. Saïda vint prévenir son mari que le gardien du grand riad attendait David pour une visite. Devenu inséparable, Abdellatif proposa à son ami de l'accompagner. Les trois hommes traversèrent la rue, franchirent la porte royale du grand riad et pénétrèrent dans un vestibule sans prétention. Arrivé sous les arcades, David resta bouche bée, le grand riad était une réplique dans une dimension impressionnante du petit riad.

Le gardien, un ami d'Abdellatif, expliqua que le nouveau propriétaire, un Marrakchi[1], avait des projets ambitieux de restauration qu'il mettrait à exécution dès que ses affaires le lui permettraient.

[1] Marrakchi : un habitant de Marrakech

Escomptant un bel effet de surprise, le gardien et Abdellatif laissèrent David pénétrer seul dans la suite réservée aux festivités et à la réception des personnages importants. Le grand caïd l'avait voulue somptueuse. L'ensemble se composait d'une large salle sous coupole, aux murs recouverts de mosaïque et ornée de six grands miroirs de verre cobra et de trois pièces rectangulaires et aveugles donnant sur la pièce centrale. Les miroirs laissaient croire que l'on voulait tout montrer, ne rien cacher. Cependant, les pièces attenantes, qui pouvaient être fermées par des portes intérieures, favorisaient les présences secrètes et observatrices. Voir sans être vu : tel était le dessein.

David essaya l'acoustique, les deux restés à l'extérieur entrèrent et, avec humour mais beaucoup moins de talent, l'imitèrent. Ils émettaient des sons gutturaux puis s'amusèrent à tournoyer à la manière des derviches tourneurs. David fut tellement séduit par la pureté du son qu'il alla chercher son violon. Revenu, il joua en passant allégrement d'un morceau à un autre. Ses deux compagnons furent gagnés par l'émotion.

De retour au petit riad, cet interlude musical fut suivi d'un excellent thé accompagné de crêpes au miel et à l'huile d'argan. Saïda manifesta son regret de ne pas avoir entendu jouer David. Plein d'humour et en souvenir de son aïeule, le musicien offrit aux dames de la maison, et seulement aux dames, un concert dans le fond du jardin. Abdellatif, se croyant à l'abri des regards féminins derrière les immenses feuilles d'un bananier, fut débusqué par Fatimzara, sa fille, qui le poursuivit et l'enferma dans la cuisine.

Les dames du petit riad furent enthousiasmées. La grand-mère pleurait en embrassant le musicien, elle réitéra son invitation à David :

– Tu vas revenir à l'Aïn, on t'aidera à reconstruire ta maison et tu pourras donner des concerts au grand Riad... et te marier.

Malheureusement, David devait partir dès le lendemain car un récital important l'attendait à peine descendu de l'avion. Il interrogea Abdellatif :

– Sais-tu où est la tombe de Sarah ?

– Le cimetière est à l'abandon. Je ne peux pas te répondre.

La grand-mère donna quelques explications qui parurent très floues. Ils s'y rendirent. La végétation avait tout envahi et le mur d'enceinte avait quasiment disparu. Çà et là, des pierres tombales, épaisses et étroites, sans ordre précis, émergeaient de la verdure. Sur certaines, on devinait la gravure symbolique d'une tête ou d'un corps et quelques caractères hébreux, noms et prières selon David. Le cimetière avait dû être assez grand et l'on mit du temps à reconnaître l'endroit où, selon la grand-mère, se trouvait la tombe de Sarah. David était très ému, il s'arrêta, quelques lettres avaient captivé son attention, il écarta la végétation, et appela son ami :

– C'est certainement ici.

Abdellatif avait pris la main de son ami, le temps n'avait pas eu prise sur leurs vies et ils partagèrent leur émotion comme si la mort de Sarah avait été du jour même. David s'éloigna un instant pour aller choisir une petite pierre ronde, il la déposa sur le bord de la sépulture avant de prendre quelques photos pour sa famille.

Sur le chemin du retour, Abdellatif s'engagea à faire nettoyer l'endroit où reposait Sarah. La grand-mère pleura à nouveau fois en voyant la photo de la tombe de son amie dans le viseur de l'appareil photo.

Saïda se préoccupait avec bonheur et autorité de la vie terrestre des habitants du riad. Dès son retour, elle avait envoyé son mari chez Zakaria, l'épicier. Le visiteur tant aimé devait absolument goûter sa pastilla au poulet avant son départ. Sérieux et discipliné, le mari avait noté la commande sur un morceau de papier : des feuilles à pastilla, de la cannelle, des amandes, des filets de poulet et de l'eau minérale pour l'invité. Il fit une relecture pour ne pas avoir à subir, au retour, un éventuel commentaire indélicat :

" J'en étais sûre, tu as oublié …".

Zacharia, l'épicier, l'avait averti que le bus était en panne. On attendait depuis hier une pièce indispensable de Casablanca. Il ajouta que Brahim, le retraité de Lille, allait reconduire Mina à Tiznit demain matin. Abdellatif passa chez Brahim pour s'assurer que celui-ci pourrait emmener son ami David à Tiznit.

– Bien sûr, sans problème, répondit le propriétaire du quart-quart.

Abdellatif rentra chez lui pour déposer les courses et prit un pain de sucre dans les réserves de la maison. Il se rendit chez Mina et l'offrit à la famille endeuillée. Ce cadeau-là est précieux, il adoucit la dureté de la vie.

Maintenant, il attendait Mina qui téléphonait à Marrakech. Elle venait d'avertir Philippe que son père était mort et qu'il avait été enterré ce matin même. Philippe lui proposa de venir la chercher en voiture mais elle déclina l'offre. Surpris, il lui affirma qu'il sera là dès son arrivée à Marrakech.

Mina vint saluer Abdellatif. Il lui dit la grande estime qu'il portait à son père et ils parlèrent de la vaillance et de l'honnêteté du chibani en prenant le thé. Avant de partir, Abdellatif demanda à Mina si cela ne la gênait pas d'avoir un compagnon de route demain : un Juif violoniste qui était venu à l'Aïn pour retrouver ses racines. Elle accepta.

Mina et David de retour à Marrakech

Tôt le matin, David avait dû enjamber une quantité de fruits incroyable pour sortir de sa chambre. Ce barrage était l'œuvre de la grand-mère. L'on était en train d'entasser les ressources dans un immense sac lorsque la sonnette du riad retentit. Adbellatif alla ouvrir, c'était Brahim, il lui dit :

— Salam Aleikoum. Mina est dans le quatre-quatre, elle nous attend.

— Waleikoum Assalam, nous allons boire le thé avant de partir, peux-tu aller la chercher ?

— Ils ont de la route, faudrait pas trop tarder, répondit Brahim pas vraiment satisfait de cet intermède.

Mina sortit du véhicule : cela lui semblait plus correct d'être présentée à David avant de voyager avec lui. Tout en servant le thé, Abdellatif s'adressa à Brahim :

— Puis-je aller avec vous jusqu'à Tiznit ? J'ai un ami, Bachir, un bijoutier, il possède une véritable collection de pièces et de bijoux juifs, je voudrais les montrer à David. Les deux acquiescèrent et Mina proposa même d'attendre David afin qu'ils puissent voyager ensemble jusqu'à Marrakech.

Le départ fut émouvant, la grand-mère était inconsolable et Saïda réitérait sans fin sa demande de nouvelles. Fatimzara était à l'école, elle avait bien essayé d'accompagner son père à Tiznit mais celui-ci était resté intraitable.

Dans le quatre-quatre, David se retournait sans cesse pour s'imprégner le plus longtemps possible de ce pays qu'il connaissait si peu et cependant dans son cœur depuis longtemps. Il sortit son appareil photo. Le soleil matinal accentuait magnifiquement les reliefs du désert et dans le lointain, les arganeraies et les oliveraies, qui avaient profité d'une pluie récente et abondante, célébraient le vert, du plus clair au plus foncé en passant par l'argenté.

Brahim proposa de s'arrêter pour prendre quelques photos en souvenir. Un jeune garçon à califourchon sur son âne fut mis à contribution. On lui demanda d'immortaliser ce moment par un premier cliché des passagers sur fond de désert suivi d'un second devant le quatre-quatre. Le photographe, bien qu'amateur, sortit gagnant de ces deux épreuves et fut récompensé avec largesse de l'exploit réalisé. Baraka[1].

A Tiznit, Brahim gara son véhicule sur le Méchouar, le souk des bijoutiers donnait directement sur cette grande place. Mina préféra aller prendre un café à l'hôtel-restaurant de l'Atlas, elle avait besoin de se reposer et de s'isoler. Les trois compères se dirigèrent vers la boutique de Bachir. Dès qu'ils dépassèrent l'une des voûtes du souk, David resta ébahi, les boutiques offraient un choix fantastique de bijoux en or et en argent. Abdellatif le dirigea vers les plus belles échoppes dont certains bijoux étaient d'une modernité

---

[1] **Baraka** : Baraka en arabe signifie l'abondance d'Allah. Dans le langage courant, elle signifie l'abondance dans l'argent, les biens, la famille et toutes autres choses qui sont en rapport avec le matériel. Avoir la baraka signifie avoir de la chance.

surprenante. Puis, ils pénétrèrent ensemble dans la boutique de Bachir, l'une des plus grandes. À l'intérieur, deux femmes élégamment vêtues et voilées, vivaient un dilemme insupportable face à deux magnifiques colliers d'inspiration africaine.

"Lequel choisir ?"

Elles demandèrent l'avis du bijoutier qui, passant l'un des colliers au cou de sa cliente et ajustant les boucles d'oreilles pour qu'elle puisse juger de l'effet global de la parure en se regardant dans un miroir, lui affirma :

— Une belle femme comme toi peut porter ce bijou à un mariage ou à une fête. Il est fait pour toi, ajouta-t-il d'un ton convaincant.

Dans le miroir, il vit ses amis qui venaient de pénétrer dans la boutique et invita les dames à réfléchir pendant qu'il s'occupait d'eux. Abdellatif, Brahim et David reçurent chacun une accolade fraternelle :

— Quel plaisir de vous voir, mes chers amis.

Puis il s'adressa plus spécialement à David :

– J'ai une passion pour les antiquités, je vais vous montrer ma collection. J'ai beaucoup de pièces juives.

Il se dirigea vers une discrète porte en fer équipée de deux solides cadenas et de trois serrures, un trésor s'entassait dans cette pièce étonnamment bien rangée. David, émerveillé, s'approcha des rayonnages où l'on pouvait voir une bonne quinzaine de chandeliers Anoucca à sept branches et de toutes tailles, des lanternes en métal aux verres colorés à accrocher, d'autres à poser sur le sol dont l'une d'elles avait la taille d'un homme debout. Sur un manequin, une el-keswa el-kbira[1] en velours et soie brodée de fils et de boutons d'or et accompagnée d'une magnifique couronne d'argent filigranée et ornée d'oiseaux   rayonnait de beauté et de légéreté. Au sol, de nombreux coffres de voyage recouverts de cuir et décorés de clous recelaient certainement des trésors. Dans des vitrines, des bijoux anciens s'entassaient pêle-mêle.

David demanda la permission de photographier certaines pièces qui, selon lui, pouvait intéresser un de ces amis, conservateur d'un musée juif à Bruxelles. Bachir précisa qu'il souhaitait conserver certains objets parce qu'il était collectionneur et nourrissait le projet de créer un musée dans les prochaines années. David trouva l'idée excellente et, avec prudence, informa le bijoutier qu'il pourrait certainement trouver une aide auprès de son ami conservateur pour ce projet.

Le temps passait vite et Brahim rappela que Mina attendait, on se pressa d'échanger les cartes de visite et les trois amis se dirigèrent vers l'hôtel-restaurant de l'Atlas.

Mina n'avait pas trouvé le calme escompté, Philippe avait téléphoné pour prendre de ses nouvelles, elle avait répondu que tout allait bien et qu'elle voyageait avec un juif, un musicien, venu retrouver ses racines à l'Aïn Ouled Jerrar. Elle le trouvait sympathique et elle attendait son avis souhaitant lui offrir l'hospitalité dans leur appartement du Guéliz. Philippe trouva l'idée excellente et donna son accord.

[1]el-keswa el-kbira : la tenue d'apparat de la mariée juive

À peine avait-elle terminé de converser avec Philippe qu'une femme, d'âge mûr, une française, en compagnie d'un jeune homme marocain, assise à la table la plus proche s'était adressée à elle :

– Vous aussi, vous êtes un couple mixte ?

Mina très étonnée, répéta :

– Couple mixte… Vous voulez dire ! Ha! Oui ! En effet, Philippe est français.

La française lui tendit la main en se lançant dans un monologue étourdissant, à ses côtés, son compagnon négociait avec un rabatteur le prix de deux chambres d'hôtel.
Semblant contrariée, la française jugea utile de préciser :

– Vous savez certainement qu'au Maroc, un couple libre ne peut pas partager la même chambre d'hôtel. C'est vraiment scandaleux, je vis avec Chafik - elle fit un signe du menton pour désigner son ami - depuis deux ans maintenant, et régulièrement, je suis obligée de prendre deux chambres. Quelquefois, je me demande si ce n'est pas une façon de gagner un peu plus d'argent…

Mina regardait la femme en hochant la tête mais son esprit était ailleurs. Du milieu de la place, Abdellatif lui ayant fait signe, elle se leva pour rejoindre ses compagnons de route. En chemin, elle croisa une jeune fille de sa connaissance, Znour, la fille d'un tailleur de Tiznit ami de sa famille, qui voulait devenir institutrice. Elle l'encouragea et lui offrit l'hospitalité si elle souhaitait venir à Marrakech pour ses études. Znour remercia et les deux femmes, pressées, promirent de se téléphoner.

A la terrasse de l'hôtel-restaurant de l'Atlas, la française s'était tournée vers son compagnon pour lui dire à quel point cette femme lui avait paru étrange. Il avait répondu pour abréger la conversation :

– C'est sans doute ses trois frères, c'est jeudi, ils doivent aller au souk.

Brahim mit son véhicule en marche et prit la direction de la place des grands taxis, près de la poste centrale. Mina informa David que Philippe l'invitait chez eux, Abdellatif et Brahim insistèrent pour qu'il accepte l'offre. Bien que confus, il accepta.

Abdellatif expliqua à David qu'il faudra changer de taxi à Inezgane[1] et il lui recommanda d'acheter trois places pour deux personnes car la route était longue et fatigante surtout si l'on est trop serré sur la banquette arrière. A peine ces conseils donnés, les deux voyageurs s'engouffrèrent dans un taxi en partance pour leur destination, une chance pour eux. David n'avait pas eu le temps de saluer son ami, il demanda une seconde au chauffeur et sortit du taxi pour une dernière accolade à Abdellatif. Les deux hommes étaient très émus.

Une grande partie de la route s'effectua sans parler, chacun étant absorbé dans ses pensées, le chauffeur, passait et repassait des cassettes de musique et de chants berbères. Inlassablement, les voix aiguës des chanteuses répondaient aux couplets des hommes : des romances, des aubades, des histoires d'amour heureuses ou

[1] Inezgane : la grande gare routière proche d'Agadir desservant le sud du Maroc

malheureuses. David trouvait au chant des femmes des sonorités étranges et proches de celles de l'Asie du Sud-Est. Après que les voyageurs se soient arrêtés pour se délasser et boire un thé, le taxi reprit la route. A l'escale, le chauffeur, un amateur de musique, avait échangé quelques mots avec David. Sachant que son passager était musicien, il voulut lui faire plaisir et sélectionna quelques morceaux sensés lui plaire.

Quand une chanteuse entama « *Dirha el Kass* », un frisson parcourut les voyageurs. David demanda :

– C'est bien Raymonde Cohen Abecassis[1] ?

Le chauffeur eut un moment d'hésitation avant de répondre :
– Oui, c'est bien elle. Raymonde El Bidaouia, une juive marocaine, une reine, la diva du chaâbi.

Le chibani assis à côté de David, sur la banquette arrière, sortit de sa vieillesse. Il s'était tourné pour la première fois vers ses voisins, les yeux brillants de joie.

– Zouina[1], zouina, répétait-il.

A son volant, le chauffeur dansait des épaules et de la tête, il accompagnait la belle Raymonde en psalmodiant :

– Zouina Raymonde, zouina Raymonde, zaouina Raymonde….

[1]Raymonde Cohen Abecassis est une chanteuse marocaine de châabi - musique et chants populaires - et d'origine juive. Née au Maroc en 1943, elle est aussi actrice de cinéma et fait également du théâtre. Surnommée la "Perle orientale", elle est la mère de l'actrice Yaël Abecassis. Elle a été à plusieurs reprises l'invitée du Palais Royal marocain. Les marocains l'appellent aussi Raymonde El Bidaoui.
[1] Zouina : la belle

David se mit à taper dans ses mains. Quand Raymonde entama la seconde chanson « *Laarouss ou Laroussaa* », une complainte d'amour, l'enthousiasme redoubla.

David profitant de ce moment, se pencha vers Mina et lui dit :

— Je voudrais profiter de cette fin d'après-midi pour visiter la synagogue et le cimetière juif de Marrakech.

— Bien entendu, pendant ce temps, j'irai au hammam et nous vous attendrons, Philippe et moi, pour le repas du soir.

Le voyage fut très musical et sympathique, et plein d'amitié pour David, le chauffeur fit un détour et déposa les deux voyageurs devant l'appartement de Philippe au Guéliz.

Le mellâh de Marrakech

David ne perdit pas de temps. Il déposa ses bagages dans l'appartement de Mina et Philippe avant de s'engouffrer dans un petit taxi pour se rendre à la médina sur la place des ferblantiers proche du mellâh. Il s'accorda un moment de détente à une terrasse en buvant un thé.

Le martèlement des ferblantiers sur leurs ouvrages donnait à la place une étrange coloration musicale. Il s'amusa à ajouter à l'ambiance sonore, de l'humour et du plaisir visuel. Observant les vêtements venus tout droit des fripes de l'Europe, il se délecta de l'élégance d'un porteur :

" la blouse bleue, à mi-cuisse, portait l'effigie des *frères Ripolin* dans le dos, le pantalon feu de plancher à la Jacques Tatie découvrait une cheville sans chaussette, sur la tête, l'homme avait amarré avec une belle élégance une serviette éponge rouge, un pli tombant dans le cou."

Quelques pas plus loin, il remarqua un noir dans une salopette « *Ville de Genevilliers* » suivit de près par une combinaison dont la blancheur laissait supposer que « *Le garage de la Plaine à Nanterre* » était ultra moderne.

Un rapide coup d'œil jeté à sa montre le décida à partir. Il traversa le souk des épices en gros avant de pénétrer dans le mellâh. Devant lui, courbé sous une charrette, un homme peinait, ses omoplates saillaient sous un maillot troué. David se sentait très observé. À son passage tous les visages se tournaient vers lui. Le désœuvrement s'était installé aux côtés de la misère, faisant bon ménage. Le visiteur avançait sans trop savoir s'il était sur le bon chemin, mal à l'aise dans ce ghetto. Une jeune fille, d'une quinzaine d'années, vêtue d'un survêtement violet l'aborda :

— T'es juif ou français ?

— Je suis juif et…

Il comprit qu'il était inutile d'ajouter français, cela n'avait pas de sens pour elle. La gamine, dégourdie, adressa un signe qui éloigna d'autres adolescents, jeunes guides comme elle, à la recherche d'un client.

— Tu cherches la synagogue ?

— Oui. Tu peux me conduire ?

La jeune fille hocha la tête en guise d'acquiescement et accéléra l'allure. En sa compagnie, David se sentit plus proche du monde chaotique qui l'entourait, discrètement, il observait maintenant la pauvreté des boutiques, les chaises démantelées des cafés, les enfants jouant dans la rue. Il avait trouvé sa place, il était un Juif qui, comme beaucoup d'autres avant lui, allait visiter la synagogue. Dans une ruelle, ils furent stoppés par un groupe de jeunes gens. Après des pourparlers houleux, sa jeune guide lui fraya un passage jusqu'à une large porte.

— C'est ici, lui dit-elle.

Elle resta dehors, un jeune homme ayant pris sa relève. Tout se passait très vite et il laissait faire, se disant qu'il reviendrait. La synagogue était installée dans un riad où dominait le bleu des zelliges[1] et des rideaux. Au centre du patio, des orangers dégageaient une douce odeur, sur la droite, un vieil homme presqu'aveugle attendait : un rabbin. Derrière lui, sur le mur, des photos anciennes et des textes. David s'approcha pour engager la conversation mais son interlocuteur ne lui laissa pas le temps.

– Vous êtes juif ?

– Oui. Slalom.

– Vous pouvez entrer.

Le rabbin poussa la porte de la synagogue en informant le visiteur que le culte se déroulait le matin dans un autre endroit. David répondit qu'il était de passage. La visite fut rapide et le jeune homme dit à David :

– Donne un peu d'argent au rabbin pour l'entretien de la synagogue.

En sortant, David s'exécuta et il vit le rabbin distribuer quelques dirhams au jeune homme et à sa jeune guide qui avait réussi à pénétrer dans l'enceinte.

La porte d'entrée à peine franchie, la jeune fille questionna David :

– Tu veux aller au cimetière maintenant ?

Il hésita puis accepta. L'allure fut encore plus vive. L'on ne tarda pas à apercevoir l'entrée du cimetière juif. Il était jumelé avec

---

[1] zellige : Le zellige (en arabe : petite pierre polie) est une mosaïque dont les éléments, appelés tesselles, sont des morceaux de carreaux de faïence colorés. Ces morceaux de terre cuite émaillée sont découpés un à un et assemblés sur un lit de mortier pour former un assemblage géométrique.

celui des musulmans bien plus grand. La jeune fille stoppa net et réclama son dû, la main tendue :

– Vingt dirhams.

David ne discuta pas, elle empocha les vingt dirhams et s'éloigna. Elle revint sur ses pas pour lui demander :

– Tu as des bonbons ?

L'enfance ne l'avait pas encore quittée, elle n'attendit pas la réponse et remonta la rue. La concurrence était sévère et il ne fallait pas perdre de temps.

Le cimetière était immense, un marocain s'approcha, se présenta comme le responsable et informa David :

– Je peux vous aider, je connais toutes les tombes. Avez-vous de la famille enterré ici ?

– Non. Ma famille est du sud, de Tiznit, répondit-il.

Le gardien le quitta en le saluant et David partit seul visiter le cimetière. Deux jeunes gens, une kippa sur la tête, se pressaient de rechercher la tombe de leur famille, l'heure de la fermeture approchant. La lumière était douce en cette fin de journée, les rayons presqu'à l'horizontale. David fit rapidement le tour et prit un peu de repos sous un saule à l'entrée avant de repartir. A la porte, il héla un taxi qui passait pour retourner au Guéliz.

Le hammam du Guéliz

Dès son arrivée à l'appartement, Mina avait préparé ses affaires de toilette pour le hammam. Elle avait rangé dans son sac du savon noir, un gant de gommage, un carré de toile cirée pour s'asseoir sur le sol, du ghassoul – une terre argileuse qui nettoie les cheveux et la peau – un petit récipient en plastique pour s'asperger, une savonnette d'argan, des serviettes de toilette et du linge de rechange.

En cette fin d'après-midi, la chaleur était devenue moins torride et, comme à l'habitude, elle avait apprécié l'ombre des grands ficus retusa sur son trajet. Ces arbres, au feuillage persistant vert émeraude et lustré, plantés sous le protectorat français ombrageaient de nombreuses rues, avenues et parcs du Guéliz. Une senteur délicate était venue caresser ses narines, elle s'approchait du souk central du Guéliz où les marchands de roses avaient élu domicile, c'était aussi un régal pour les yeux et elle se promit d'acheter un bouquet au retour.

Dès qu'elle poussa la porte du hammam, les femmes vinrent à elle et l'entourèrent. L'une d'elles, Rachida, une masseuse originaire de Tiznit, mariée à un Marrakchi[1], avait appris la mauvaise nouvelle. Les corps et les mains se soudaient, bientôt un cercle de consolation plein de mots apaisants enveloppa Mina.   Elle laissa ses larmes couler, les femmes les essuyèrent, et fortifiée par la tendresse, elle leur adressa un sourire, c'est alors que Rachida la prit par la main pour l'éloigner et la préparer au bain. Les autres reprirent

[1] Marrakchi : habitant de Marrakech

doucement leurs activités. Peu à peu, l'ambiance se rétablit et des éclats de voix et des rires retentirent de nouveau.

Le hammam avait trois salles d'eau, une fraîche, une chaude et la troisième brûlante. Mina choisit cette dernière. Rachida y installa les objets de toilette de son amie et des seaux d'eau chaude en demi-cercle autour d'elle.

Dans un des angles de la salle, deux jeunes mariées avaient posé sur le carrelage deux bougies allumées devant elles. Elles voulaient ainsi favoriser la venue d'un premier héritier mâle qui comblerait leur mari. Mina leur adressa une bénédiction bienveillante à laquelle elles furent visiblement sensibles.

Rachida recouvrit le corps de Mina de petites touches de savon noir. Elle s'éloigna le temps que l'action conjuguée de la chaleur et du savon noir prépare la peau au gommage. La jeune femme ressentait dans son corps la tension accumulée des derniers jours.

Elle se plongea dans les souvenirs de son enfance et elle se vit aidant sa maman à laver le linge à la source du village et s'amusant à le laisser s'échapper dans le canal au risque de le perdre. Elle entendit sa mère, faussement fâchée, la sermonner. Elle revisita le moulin à huile d'olive où son père surveillait le dromadaire et l'odeur de l'huile fraîche envahit sa mémoire. Elle s'imaginait le geste matinal de son père trempant un morceau de pain dans l'élixir de santé avant de le lui enfourner gentiment dans la bouche. Cela lui rappela la tendresse rieuse de celui-ci.

Elle entendit les tambours et les crotales des gnawas et elle se vit sautant à qui mieux mieux et riant avec les autres enfants dans le mellâh.

Une image la bouleversa plus que les autres. Elle se tenait au milieu d'innombrables familles attendant l'avion qui ramenait les hadjs[1] à l'aéroport d'Agadir. Son père la serrait dans ses bras et elle pleurait, tellement émue de le voir si heureux et plein de gratitude à son égard : sans l'aide matérielle de sa fille, il n'aurait jamais pu faire ce pèlerinage.

Rachida était de retour. Elle étalait le savon noir avec la paume de sa main avant de le rincer puis elle enfila le gant et commença le gommage par les bras. Les peaux mortes formaient des petits rouleaux dont la masseuse se débarrassait de temps à autre avec un peu d'eau claire. Mina s'allongea et tout le corps fut frotté, nettoyé, rincé avec méthode. Pour finir, elle s'assit sur son tapis pour offrir son visage et son cou à la main experte de Rachida. Le gommage terminé, elle fut recouverte de ghassoul de la tête aux pieds. Le moment était venu de se reposer et Mina reprit le fil de ses rêveries.

Un moment plus tard, la masseuse revint pour lui laver les cheveux, la rincer à grande eau et la masser. Les soins achevés, Mina retourna dans les vestiaires. Les femmes avaient préparé un thé qu'elles partagèrent en bavardant.

Dans l'appartement du Guéliz, Philippe attendait sa femme et cacha son désappointement lorsqu'elle ouvrit la porte. En la serrant dans ses bras, il lui dit :

– Tu es allée au hammam ?

– Oui, je me sens mieux, comment va Diane?

---

[1] hadj : Pèlerin musulman à la Mecque. Ce pèlerinage un des piliers de l'islam, obligatoire à tout musulman, au moins une fois dans sa vie, s'il en a les moyens financiers et physiques.

— Bien, elle vient de me téléphoner. Elle devait passer ce soir mais Hassan est un peu malade.

Philippe hésitait, finalement la question lui brûlait les lèvres :

— Pourquoi ne m'as-tu pas averti de la mort de ton père, je serais venu ?

Mina se mit à trembler et à sangloter, à peine audible, elle tentait de s'expliquer :

— Nous ne sommes pas mariés, mon père serait mort sans me pardonner.

D'une voix émue, il lui répondit :

— Tu le sais bien, je devais attendre d'être divorcé avant que nous puissions nous marier, pardonne-moi, je n'y pouvais rien.

Ils partagèrent un silence pour trouver les forces nécessaires et aborder le difficile sujet de la conversion de Philippe à l'islam.

Ce fut Philippe qui rompit le silence :

— Ma femme veut divorcer. J'ai bien réfléchi, la semaine prochaine, j'irai voir l'imam de la Mosquée Berrima, dans deux mois, au maximum, nous serons mariés.

Les sentiments de Mina étaient ambivalents : elle était à la fois soulagée d'être bientôt mariée mais continuait de se sentir accablée du mensonge par omission fait à son père et de l'obligation pour Philippe de se convertir à l'islam.

Le carillon les interrompit. Mina, pensant qu'il s'agissait certainement de David, ouvrit la porte. Elle appela Philippe à la rescousse car l'invité était dissimulé derrière une plante verte magnifique et de très grande taille. Philippe la déposa sur une commode dans l'entrée avant d'inviter David à s'asseoir au salon : il lui proposa un verre d'apéritif.

L'on décida d'aller déguster un excellent couscous dans un restaurant connu du couple. La conversation prit rapidement un tour amical. Après le repas, Mina, fatiguée, demanda à être reconduite à l'appartement où Philippe l'abandonna avec son consentement. Il voulait offrir à son invité une visite nocturne de Marrakech.

Znour, la fille du tailleur de Tiznit

Quelle jeune fille ne s'était pas faite photographiée devant les magnifiques lauriers roses du jardin de Tiznit ? C'était le tour de Znour, la fille du tailleur.

La veille, Mina lui avait téléphoné pour lui souhaiter un bon anniversaire. Elle réitéra son souhait de l'aider si elle voulait devenir institutrice. Znour avait eu seize ans et sa cousine, Aïcha, avait emprunté l'appareil photographique de son frère pour éterniser cet instant. Aïcha multipliait les clichés puis les fit défiler dans la lucarne de l'appareil. Le choix s'avérait difficile, celui-ci était trop ceci, celui-là pas assez cela...

Des chibanis, assis ou allongés sous les oliviers, attendaient l'heure de la prière pour faire un saut à la Mosquée et un brin de parlotte avec des vieux copains retrouvés là pour la circonstance.

De jeunes couples promenaient leurs progénitures dans les allées fleuries. Les femmes en profitaient pour faire de longues haltes, patients, les hommes attendaient. Elles colportaient les dernières nouvelles et certaines langues de vipère s'en donnaient à cœur joie.

Un peu à l'écart, deux filles en jeans, casquettes visées sur la tête et maquillages outrés, gesticulaient et parlaient fort devant une jeune assemblée féminine. Toutes avaient le portable à portée de main, prêtes à dégainer à la moindre sonnerie. Un groupe de six ou sept adolescents stationnaient, comme par hasard, pas très loin. On se reluquait, on se jaugeait, on cherchait l'amourette sans en avoir l'air. Les sonneries de portables qui retentissaient et qui déclenchaient des rires et des bousculades dans un groupe puis dans l'autre, avaient certainement sillonné la planète pour parcourir, finalement, quelques dizaines de mètres.

La séance photo terminée, Aïcha et Znour, qui connaissaient certaines filles, s'immiscèrent dans le groupe. Les deux délurées, Nina et Fatma, exposaient, avec fierté et force détails, leurs multiples expériences avec les hommes. Les auditrices subjuguées écoutaient avec attention et certaines, les plus affirmées, demandaient des précisions.

— Les Français, ils sont plein de flouze, tu les bipes et ils te rechargent ton portable, comme ça, tu peux les rappeler, affirma Nina, laissant les autres filles sous le choc culturel.

Fatma, ne voulant pas être en reste, paracheva les paroles de sa copine mais néanmoins rivale.

— Les Français, eux, ils veulent tout, faut le savoir…

Une fille, l'air soucieux, lança :

— Alors t'es plus vierge !

Des mots bruissèrent entre les participantes, l'une, plus sûre d'elle-même, demanda :

— Et ton père ? Tu lui dis tout ça ?

— Mon père, répliqua Fatma, il a un cancer, il s'en fout. Ma mère ne dit rien, elle est bien contente quand je lui donne du flouze pour faire bouffer mes petits frères et sœurs !

Une fille, dont le frère était malade, lui dit :

– Tu peux aller chercher des médicaments au dispensaire !

– Pour quoi faire ? Je t'dis qu'il est foutu, mon père, un point, c'est tout.

Nina reprit la parole, voulant avoir le dernier mot.

– Hé, les filles, faut pas vous en faire pour la virginité, avec du flouze, on t'en refait une toute neuve dans une clinique à Casa !
Certaines filles riaient à s'éclater le ventre, d'autres semblaient pétrifiées par ces révélations. Le portable de Fatma sonna, d'un geste large et autoritaire, elle demanda et obtint le silence. Elle confirma à son interlocuteur :

– Dix-sept heures... Bâb[1] Jihad... Wakha[2] Darlingue...

Les deux délurées s'étaient prises par le cou, hilares, elles tournoyaient à s'étourdir. Elles plagièrent le célèbre moonwalk de Michael Jackson et rappeuse, elles débitèrent en boucle :

« Tu m'rends dingue....Darlingue... Quand tu m' seringues... »

Znour planait, tout cela lui était incompréhensible. Elle ignorait tout du corps et de la sexualité. Elle se sentit mal à l'aise et d'un signe de tête, elle avertit sa cousine qu'elle souhaitait partir. Les deux filles se dirigèrent vers la boutique du photographe sur une petite placette où se tiennent souvent les hommes pour bavarder. Znour, perplexe, voulut connaître l'avis d'Aïcha.

– Je me demande comment elles vont pouvoir se marier, Nina et Fatma ?

---

[1] Bâb : porte
[2] wakha : d'accord en arabe

— Elles ne se marieront jamais, qui voudrait d'elle ? Tiens, l'ensorceleur est là, ajouta la cousine.

— Ensorceleur ? Où ? Qui ? s'étonna Znour.

Bachir, le mâalem[1] bijoutier talentueux

Dans les jours qui suivirent, Abdellatif rendit à nouveau visite à Bachir, son ami bijoutier de Tiznit. Effrayé par les propos de celui-ci, il le mit en garde contre cette passion qu'il nourrissait pour les femmes.

En effet, Bachir appréciait particulièrement la docilité de certaines lorsqu'elles avaient un besoin urgent d'argent. Traditionnellement, les femmes vendaient ou mettaient en dépôt leurs bijoux lorsqu'elles avaient des problèmes. Bachir commençait toujours par proposer quelques billets, un petit prix bien entendu, il avait aussi pris l'habitude d'inviter les plus jolies dans son arrière boutique. Là, l'offre devenait royale, tout en parlant, les yeux dans les yeux de la belle, il touchait maintes et maintes fois son portefeuille qui gonflait sa djellaba à l'endroit du cœur, quelques unes avaient été tentées par la facilité.

L'une d'entre elles, folle de rage d'avoir été séduite par ce serpent, était revenue pleine de promesses prendre le thé dans l'arrière boutique. Pendant qu'une cliente se présenta au comptoir, la vengeresse avait sorti une fiole dissimulée dans une poche intérieure de son takchita[2] et avait versé une bonne rasade de poison dans le verre de Bachir. De retour, celui-ci trouva un petit goût

[1]mâalem : littéralement « celui qui sait » ou « celui qui a un savoir-faire », est un maître en matière d'artisanat ou d'arts. Ce titre honorifique est donné aux personnes jugées dignes d'instruire ou de transmettre un savoir-faire.
[2]takchita est la version légère et moderne du caftan, le terme de caftan demeure l'appellation utilisée pour désigner l'habit traditionnel.

amer au thé que confirma sa visiteuse toute souriante. En plaisantant, il rajouta un petit peu de sucre. Les empressements du bijoutier reçurent les regrets minaudés de la belle, elle dit se méfier de son mari qui, selon elle, la faisait surveiller. On remit à plus tard les tendres ébats et l'on se quitta sur quelques caresses prometteuses.

Quelques heures plus tard, vers les vingt heures, le bijoutier se sentit patraque. Il alla néanmoins à sa boutique, un mâalem devait lui apporter une commande de bijoux en argent. Après avoir examiné chaque pièce, il paya l'homme qui partit rapidement. Bachir décida de ranger ces bijoux, mais à peine voulut-il soulever une petite échelle qui permettait d'accéder à la réserve au-dessus du magasin qu'une violente douleur lui tordit le ventre. Il appela mais personne ne répondit et il entendit, au loin, le gardien verrouiller la lourde porte en fer du souk aux bijoux.

Il se sentit perdu, là, seul, sachant que personne ne viendrait avant le lendemain matin. Malgré la souffrance, il se rendit à la grande porte, malade et sans force, il s'affala sur le sol. La douleur le tenaillait, il promit à Allah de respecter les lois du Coran, il se repentit mille fois, mais pas un instant, il pensa avoir été empoisonné, c'était sa mauvaise conduite, il le savait. Le gardien, vers les deux heures du matin, fit la tournée habituelle du souk, en apercevant une masse sombre sur le sol, il s'en approcha et reconnut Bachir en le retournant. Il téléphona à l'un de ses amis pour l'aider à le porter à l'hôpital. On lui fit absorber des vomitifs, il crut sa dernière heure arrivée.

La vengeresse avait trouvé de bon ton d'aller voir sa pauvre maman, le jour même, à Agadir. D'ailleurs, à son retour, lorsqu'elle prit de ses nouvelles, Bachir lui parla de ce thé, lui demandant, si elle aussi, n'avait pas été malade. Faussement compatissante, elle lui répondit :

– Mon pauvre Bachir, ta mémoire a dû dérailler. Souviens-toi, j' étais pressée de prendre le bus et je n'ai pas eu le temps de boire ce thé si gentiment offert.

Visiblement troublé, Bachir s'excusa. Il avait sans doute perdu la tête avec le mal.

Depuis cette mésaventure, il se montrait plus respectueux, allait chaque jour à la Mosquée, faisait ses cinq prières par jour, il avait même projeté, avec son ami Razik, d'aller en pèlerinage à la Mecque. Présent à nouveau dans son atelier, il s'absorbait dans la fabrication des bijoux en argent, croix du sud, bracelets berbères, belles parures d'inspiration touareg. Séduit par une belle nacre aux reflets bleutés vendue par un commerçant venu d'Arabie Saoudite, il en acheta en quantité et créa de jolis bijoux qui eurent un beau succès dans des vitrines de grands hôtels de Marrakech et d'Agadir. Lorsque ses désirs l'affleuraient, sentant qu'il perdait pied, il se jetait à corps perdu dans le travail. A qui parler de ces mauvaises idées qui le tenaillaient ?

C'était bien lui qu'avait aperçu Aïcha, la cousine de Znour, sur la place à côté du photographe. Prenant le thé en compagnie de son ami Razik, il venait de repérer Znour. Elle réveillait ses sens et ses bonnes résolutions s'évanouissaient comme les traces d'un dromadaire dans une tempête de sable. Son doux sourire lui plaisait trop, il la trouvait belle. Ami de son père, il avait flatté le chibani, lui avait promis monts et merveilles en échange de sa fille. Prudent, celui-ci avait résisté, il se méfiait beaucoup du bijoutier trop souvent chez le sorcier. De plus, des bruits persistants le disaient souvent très perturbé.

Razik sentit qu'un vertige délirant saisissait son ami mais il ne put le secourir. Bachir était comme sourd, des images plus fulgurantes les unes que les autres, des cris, des fureurs du passé l'envahissaient. Son imagination le débordait : il s'était métamorphosé en chef d'hommes voilés de bleu et montés sur de grands dromadaires couleur sable. Il chevauchait maintenant aux côtés de Youssef Ibn Tachfin[1]. Youssef construisait un immense royaume qui irait du Niger à Tolède et jusqu'à Tlemcen. Lui, Bachir, n'écoutant que son courage, s'élançait, l'Andalousie conquise et malgré les rappels de son chef, vers des terres lointaines, plus au nord.

Il voyageait seul, en éclaireur, sans autre guide que son instinct. Le chemin qu'il suivait fut celui qu'aller emprunter, quelques siècles plus tard, les fils de ses anciens compagnons d'armes faisant des allers-retours entre deux mondes : le Maghreb et l'Europe.

Dans son esprit, le temps et l'espace ne faisait qu'un. Son élan venait de le conduire dans la modernité d'une banlieue jouxtant Paris, une grande cité entourée et traversée de larges bandes noires et lisses utiles aux voyageurs. Son dromadaire se languissait, il déprimait : le mal du pays. Bachir, lui, avait un moral de fer, il allait de découverte en découverte.

[1] Youssef Ibn Tachfine est le troisième imam et le premier sultan de la dynastie Almoravide. Né en 1009, il a régné sur l'Empire almoravide (allant du Sahara à l'Espagne) de 1061 jusqu'à sa mort, en 1106. Il fonde Marrakech vers 1070, qui est alors devenue une capitale.

D'ailleurs, il venait d'apercevoir un étrange vaisseau, une grande surface recouverte d'une carapace plate et large comme une mer, des soleils l'éclairaient comme si c'était le jour, les couleurs étaient orange, bleue électrique, verte. En pénétrant cette magnifique kasbah, son cœur battait. Les portes s'ouvrirent seules, on l'attendait, c'est à croire. Les gens s'écartaient, riaient, trouvant l'animation originale, les plus enthousiastes l'applaudissaient.

A l'intérieur, Bachir découvrit un énorme marché qui s'étalait avec des rangées longues comme celles de la palmeraie de Marrakech. Là, le souk aux légumes, ici, le souk des boîtes à images, là-bas, le souk des bouchers….

Des hommes en sarouel[1] bleu, le suivait d'étal en étal. Courageux, il avait sorti son sabre, effrayés de la vigueur de l'homme, ils s'étaient reculés, puis s'étaient mis à l'observer, cachés derrière des montagnes de boîtes et de marchandises dont Bachir ne saisissait pas vraiment l'utilité mais qui lui semblaient magnifiques.

Puis, tout d'un coup, il découvrit le souk aux bijoux. Ebloui, il descendit de sa monture et accrocha son dromadaire à un pilier. Il fut surpris de constater que les vendeuses disparaissaient derrière leurs éventaires à son approche. Des habitudes locales, sans aucun doute ! Au comble de la joie, il contempla chaque bijou, admirant certaines pierres inconnues de lui et cherchant vainement un endroit qui révélerait la soudure. Plein d'admiration, il reposait le bijou avant d'en prendre un autre. Les gardiens l'épiaient de loin, incapables de comprendre le comportement de cet homme calme, reposant chaque pièce avec délicatesse, ne cherchant pas à voler.

[1] sarouel : pantalon marocain

Cela dura une éternité. Trop longtemps accroupies, les vendeuses avaient fini par avoir des fourmis dans les jambes.

La direction du magasin fit déployer un périmètre dit de sécurité autour de lui, elle avait jugé inutile d'évacuer les clients pour un homme qui, somme toute, paraissait inoffensif. C'était la veille de Noël, fallait-il faire souffrir le chiffre d'affaires pour un original ?

Notre visiteur, à nouveau sur sa monture, reconnut, à son faciès, un ami du bled qui semblait bien occupé : il parlait à une petite boîte noire, la tenant d'une main près de son oreille, et de l'autre main, il poussait un chariot où il avait déposé des marchandises :

– Fouzia, chérie, quelle marque veux-tu pour les pois chiches ?

L'ouïe fine de Bachir a bien entendu la réponse.

– Tu le sais bien, les mêmes que ta bonne maman.

– D'accord, chérie.

Bachir avait deviné, bonne maman, bien sûr, il avait décrypté ce mot, juste là, derrière. Pour aider son nouvel ami, il lui fit part de sa découverte. L'autre répondit, le regarda à peine :

– Tu te gourres, mec. Là, c'est les confitures, je cherche les pois chiches.

Oui, n'en croyant pas ses yeux, l'homme au caddy s'était pincé, il avait cru voir un mec sur un chameau, de plus, celui-ci lui disait, la main sur le cœur :

– Tu viens d'où avec la virgule sur ton chèche[1] à visière ?

[1] chèche : Au Sahara, sorte de grande écharpe que l'on porte enroulée autour de la tête.

– Hein ! c'est Naique, j'chui d'Nanterre.

– Moi, c'est Bachir, Tiznit, sud marocain, bijoutier.

– Ha, l'est bo ton chameau ! Mon père, il dit souvent que mon arrière, arrière grand père est de Ouarzazate, tu connais ?

– Une honte, mon gars ! Ce n'est pas un chameau, c'est un dromadaire.

– Chui pas né au bled, moi, mec, chameau ou dromadaire, pour moi, c'est du pareil au même !

– Fouzia, c'est ta femme ?

– T'en fais trop, Rouilla[2], laisse ma meuf tranquille, t'es là pour faire tes courses ou quoi ?

– Meuf ?

Slameur à ses heures, l'homme au caddie, gestes à l'appui, déclama :

– Ma meuf ! Ma nana ! Ma sœur ! Ma gonzesse ! Ma belle ! Ma moitié d'orange ! Ma femme ! Ma donzelle ! Ma douce ! Mon cœur ! Ma chérie ! Tu vois ce que je veux dire, l'homme au dromadaire !

– Moi, ma Shéhérazade, elle s'appelle Znour.

– C'est ça, mon pote, fais les courses pour ta Znour et rentre chez toi, tranquille !

– Tu l'aimes Fouzia ? Moi, j'adore Znour mais son père ne veut pas me la donner en mariage.

– Elle, elle te veut ou pas ?

[2]rouilla : rouilla vient de l'arabe qui veut dire: mon frère

– Je ne sais pas.

– T'es ouf, un conseil, arrête de fumer la moquette !

La sonnerie du portable de Razik stoppa net le délire de Bachir qui, ignorant son ami, se leva et il courut vers Aïcha qui attendait Znour toujours chez le photographe.

– As-tu le numéro de Znour ? Je dois impérativement téléphoner à son père ce soir, il n'a pas de portable.

Sans méfiance, Aïcha donna le numéro et Bachir disparut. Dès le retour de son amie, Aïcha regretta, elle eut un mauvais pressentiment, confessa son erreur et recommanda à Znour d'être prudente avec le bijoutier, maintenant qu'il avait son numéro de téléphone.

Khalid Oujadar, sorcier international à Marrakech

Dans la famille de Znour, les hommes étaient tailleurs de père en fils. Le fils aîné avait repris l'échoppe du père à Tiznit, le second s'occupait d'un commerce de tissus jouxtant l'atelier et le troisième fils s'était installé à Agadir. Znour, la petite dernière, la seule fille veillait sur ses vieux parents en attendant de se marier.

Son père avait reçu récemment la visite d'un vieil ami, Yacine, un ancien fondeur de métaux précieux :

— Mon fils, Ahmed, celui qui a le garage à côté de l'hôtel du sud : ses affaires marchent bien. Maintenant, il voudrait se marier. Il lui faut une bonne musulmane avec une bonne éducation, comme ta fille. Elle pourrait aider son mari en tenant la comptabilité.

    — Inch'Allah ! Je préférerais la marier avec un tailleur. Je reconnais que ton fils est un bon musulman, seulement, nous sommes vieux et sa mère a besoin d'elle à la maison. Elle est encore jeune, c'est ma dernière, encore une paire d'années chez nous et elle sera prête pour le mariage. Toi, tu n'as que des garçons, les filles, tu sais, les mères s'y attachent !

— Et les pères aussi, ajouta le vieux Yacine malicieusement.

Le père de Znour, en enserrant la main de Yacine dans la sienne, lui dit gentiment :

— Tu es un vieil ami, Yacine, je vais en parler avec mes fils.

Les fils trouvèrent ce mariage intéressant pour la famille même si le futur époux n'était pas tailleur. De plus, en restant à Tiznit,

Znour pourrait continuer à soigner ses parents. La mère avait entendu la discussion et voulut tempérer la décision :

— Peut-être attendre encore un an ? Je n'aimerais pas avoir une bonne à la maison…

Son mari la regarda en fronçant les sourcils, elle comprit qu'il ne fallait pas insister. Le père se rallia à l'opinion de ses fils. Il murit sa réflexion pendant quelques jours avant d'appeler son ami Yacine :

— Mes fils et moi sommes d'accord pour marier Znour à ton fils, seulement, vous devrez attendre encore quelques mois.

— Wakha, mon fils est prêt à épouser ta fille quand tu voudras.

Deux jours après, un vendredi après la prière et en présence de ses fils, le père s'adressa à Znour :

— Une famille honorable souhaite que tu deviennes la femme de leur fils, cela se fera dans quelques mois.

La mère s'était mise à sangloter en serrant sa fille dans ses bras, le père l'envoya à la cuisine.

— Arrête de pleurer, tu vas attirer le mauvais œil !!

La femme se leva pour aller chercher un peu plus de couscous et Znour suivit sa maman pour la consoler.

— Ne pleure pas, ma petite maman, je viendrai te voir tous les jours.

La nouvelle du mariage de Znour fit le tour de Tiznit en un temps record sans que l'on sache qui avait vendu la mèche en premier. On lui prêta plusieurs maris car les familles restèrent discrètes sur leur choix.

Dans la boutique de Bachir, deux clientes en parlèrent, le bijoutier perdit son sang froid et ferma la boutique pour se rendre immédiatement chez le père de Znour. Dans le patio, il lui dit :

— En passant devant chez toi avec ma nouvelle collection dans ma valise, j'ai eu l'idée de m'arrêter pour te demander ton avis.

Le vieux l'invita à s'asseoir pendant qu'il allait chercher ses lunettes. Subrepticement, Bachir sortit un petit pot de sa poche, vola trois poignées de terre au pied du laurier rose le plus proche de lui, en murmurant plusieurs fois :

Ce n'est pas cette terre que je prends, mais l'esprit de toutes les personnes qui habitent cette maison.

De retour, les lunettes chaussées sur le bout du nez, le chibani appréciait la finesse des bijoux et félicitait sans aucune retenue le créateur. Bachir prit le temps de bavarder bien que la terre dans sa poche le brûlait. Ils burent le thé puis l'amoureux annonça en se levant :

— Ce soir, je vais prendre le bus de nuit pour Marrakech, maintenant que tu me dis qu'ils sont magnifiques, je vais les vendre au riad « Le Sahara » à l'Hivernage[1].

— Tu es bien pressé, le bus ne part qu'à vingt-deux heures ce soir.

— Excusez ma précipitation. Je dois aussi préparer une autre livraison pour un bijoutier de Marrakech et fermer le magasin.

L'intention de Bachir était double, il voulait, certes, livrer des bijoux mais surtout prendre rendez-vous avec un sorcier de

[1] l'Hivernage : beau quartier de Marrakech

réputation internationale qui avait, disait-on, d'immenses pouvoirs. Des familles royales du monde entier lui commandaient ses remèdes et ses philtres d'amour : les meilleurs du Maroc selon certains. Il avait aussi guéri des malades condamnés.

Le lendemain matin, à Marrakech, Bachir se rendit directement chez Khalid Oujadar en descendant du bus. Il expliqua son désarroi à son assistant qui le rassura :

– Ne t'inquiète pas, c'est une chose très courante. Khalid te verra cet après midi, sans faute, après la prière.

Bachir livra ses bijoux et attendit l'heure, se reposant dans l'échoppe d'un ami, allongé sur une natte. L'heure de la prière passée, fébrile, il alla à son rendez-vous.

Dès son arrivée, l'assistant le conduisit dans l'arrière boutique. Klalid Oujadar se tenait assis sur un tapis, les jambes croisées, vêtu d'une djellaba blanche, un chèche de tissu noir élégamment enroulé sur la tête. Autour de lui, des bocaux de plantes séchées ou baignant dans des liquides, des pierres noires, blanches, brunes, grises, concassées ou pilées, du corail, de l'ambre gris, des pattes d'animaux griffues, velues, minuscules ou grosses, des caméléons, des chauve-souris, des lézards, verts ou jaunes, des insectes, des mouches, des cloportes, des serpents entiers ou en morceaux, des fioles de toutes les tailles, de la pierre d'alun en quantité surprenante…

Les banquettes affaissées par les longues heures d'attente des visiteurs couraient autour de la pièce, juste au-dessus, les étagères grimpaient jusqu'au plafond. Elles hébergeaient des boîtes en métal, en carton, en fibre, des pots en terre, des livres anciens et poussiéreux qui devaient contenir des savoirs oubliés, des sacs en toile entassés les uns sur les autres, des bocaux dont les étiquettes, calligraphiées avec soin en arabe, restaient mystérieuses au profane. Plusieurs kanouns s'alignaient sur un côté, le premier dégageait une fumée agréable qui allégea le trac de Bachir.

Après avoir posé sa main droite sur son cœur, le sorcier tapota le coussin face à lui. En s'asseyant, Bachir croisa son regard, des yeux clairs que le khôl[1] accentuait, il eut l'impression d'être à nu, que l'homme devinait sa pensée :

« Cet homme là doit venir du Sud, il a certainement beaucoup voyagé, même en Afrique Noire, où l'on excelle dans la fabrication de talismans et de mélanges contre le mauvais œil ».

Bachir déposa le pot de terre dans la main ouverte du sorcier qui répondit à son questionnement intérieur :

– Bismellah, oui, je viens du Sud et j'ai voyagé en Afrique, mais aussi en Amérique et en Europe.

Klalid Oujadar marqua un temps d'arrêt.

– Ton cas n'est pas grave, je vois que tu es très amoureux, cela devrait s'arranger. Je vois que ton esprit est très tourmenté : pour l'apaiser, prie, prie longtemps au lever du jour avant de te rendre à la mosquée.

Bachir acquiesça et promit. Maintenant, le sorcier humait la terre, la roulait dans ses deux mains, y ajouta du henné, continua à

[1] klôl : le khôl est une poudre minérale utilisée pour maquiller et/ou soigner les yeux.

pétrir la boule, y incorporait de temps à autres quelques gouttes rougeâtres d'une petite fiole au col allongé ou du miel, un miel devenu brun par les plantes qui y avaient macérées. Il malaxa longtemps la boule en murmurant des formules incantatoires.

Bachir évitait de le regarder, le sorcier l'enveloppa avec des gestes larges et lents d'une fumée à l'odeur âcre, il ressentit une chaleur bienfaisante se diffuser dans son cœur, il y posa sa main droite et relevant la tête, il vit que la boule déposée sur les braises d'un brûle-parfum, était presque entièrement consumée. Khalid Oujadar pria Bachir de se joindre à lui dans cette invocation qu'ils répétèrent sept fois :

— *Je veux que l'amitié des habitants de cette maison soit aussi chaude pour moi que ce qui brûle maintenant.*

Après un long moment de recueillement, le sorcier saisit doucement l'épaule de son hôte en l'invitant à être confiant et surtout patient. Bachir, se leva un peu abasourdi, il saisit dans son portefeuille une liasse de billets et, sans compter, les déposa dans la main de son soigneur qui l'engouffra dans la poche de sa djellaba en précisant :

— Je vais terminer seul ce rituel, ce qui me reste à faire est secret, tu passeras demain, mon assistant te donnera un talisman que tu porteras sur ton cœur, garde-le précieusement, ne t'en sépare jamais jusqu'au jour de ton mariage où tu l'enterreras dans la maison de ta femme.

Une accolade fraternelle réunit les deux hommes. La porte franchie, Bachir exultait, il était heureux et pressé de retourner à Tiznit, persuadé que Znour deviendrait sa femme. Il imagina la plus belle des parures pour son mariage, elle était ornée de pierres superbes qu'il irait acheter lui-même en Arabie Saoudite.

Dès le lendemain de son arrivée, Bachir retourna chez Znour. Son père fut ravi de le recevoir et curieux de savoir quel accueil avait été réservé à ses bijoux.

— Très bon. Le riad m'a tout acheté et j'ai eu une nouvelle commande pour d'autres modèles que j'avais apportés.

— Tu es un grand mâalem. Je suis fier d'être ton ami, je t'invite au mariage de ma fille. Pourrais-tu lui faire une jolie parure ? Pas trop cher, un prix d'ami.

— Si tu me donnes ta fille en mariage, elle sera couverte des plus beaux bijoux, pourquoi la marier à un marchand de ferraille ?

— Bachir ! Comment sais-tu que le fils de Yacine l'a demandé en mariage ?

— Il n'y a que ta fille qui ne le sache pas, répondit Bachir en colère.

Vexé, le père clôtura la discussion sur ces mots :

— Le fils de Yacine n'est pas un marchand de ferraille, c'est un garagiste, ma fille ne manquera de rien, c'est décidé, nos familles sont d'accord.

Une immense tristesse envahit Bachir. Elle céda la place à la colère, une boule de feu partit des profondeurs de son ventre et remonta jusqu'au cœur en lui dévorant les entrailles sur son passage. Il était submergé par les flots d'une violence incontrôlable lorsqu'il entendit la voix de Klalid Oujadar, d'abord lointaine puis de plus en plus proche et forte :

– Sois patient ! Prie ! Prie encore…

Ces mots l'apaisèrent. Sa colère s'évanouit comme par magie au moment même où Znour entrait dans le salon pour déposer le thé, sa maman étant au hammam.

Elle portait une robe longue, élégamment plissée, d'un blanc crème, un foulard noir noué sur le côté soulignait la courbe harmonieuse de ses hanches, un autre retenait ses cheveux noirs attachés sur la nuque, la peau était marmoréenne, des sourcils allongés comme les ailes d'un oiseau en vol surmontaient ses grands yeux sombres, le nez était légèrement camus, les lèvres bien dessinées esquissaient un sourire. Bachir la trouva tellement sublime qu'il ne put se retenir :

– Ta fille, Znour, est une déesse grecque, elle a la beauté des femmes antiques qui ont inspiré les plus grands artistes, des sculpteurs mais aussi des peintres, je pense à ce français Delacroix, qui sut retrouver chez les hommes et les femmes de notre pays la noblesse et la sagesse de l'Antiquité grecque.

Znour, éblouie, buvait ses paroles. Son père mit rapidement fin à cette admiration naissante en lui intimant de retourner à la cuisine. Contrarié, il mit les points sur les i :

– Bachir, ma fille est promise, je te l'ai dit. Je ne veux plus que tu la vois. Par sagesse, tu es un bon ami, évite de venir chez nous pendant quelques temps, je ne voudrais pas me fâcher avec toi.

Le rêve de Znour, la fille du tailleur

Znour dormit très mal cette nuit-là, elle était agitée, elle se leva plusieurs fois, elle allait jusqu'au patio, admirait le clair de lune et retournait se coucher.

Sur le matin, à peine endormie, elle s'était mise à rêver. Elle marchait sur une longue plage, la lune éclairait l'océan en fureur, des vagues géantes et écumantes roulaient jusqu'à ses pieds qui en s'enfonçant trop profondément dans le sable rendaient sa progression pénible. La sensation avait un goût d'éternité et elle sentait ses forces l'abandonner quand des remparts surgirent de l'eau, dans un silence insolite.

Elle se sentait en sécurité sur ces fortifications. Elle suivait un chemin tracé dans la pierre par des milliers d'autres avant elle. Les remparts surplombaient l'océan sur sa droite, sur sa gauche, elle observa une médina endormie qu'elle contournait et se retrouva bientôt devant une ouverture, une large ouverture en pierre donnant sur une plage.

A cet endroit, l'océan était calme et elle eut envie de se reposer. Elle s'avança, esquivant des rochers et finit par s'allonger sur du sable. Alors, à une dizaine de mètres, elle vit un homme, jeune, assis sur une grande pierre plate et blanche, qui essayait de lui parler.

Il s'approcha, boitant à cause d'une mauvaise jambe, il portait un jean et un pull over couleur miel, une large casquette rasta retenait sa chevelure abondante et frisée. Il s'assit à quelques mètres d'elle, souleva son couvre-chef, une avalanche de boucles s'abattit sur ses épaules, elle distingua son visage, beau, lisse, de grands yeux bruns, un sourire d'ange. Ses lèvres ne bougeaient pas, cependant, elle entendait sa voix, fluide, rassurante, fraternelle :

– Znour, je suis ton ami, Kébir. Regarde, cette citadelle derrière la plage, j'y suis en prison.

Doucement, Znour se retourna et éprouva une grande frayeur devant la sombre bâtisse dominant la plage et percée de minuscules fenêtres où vacillaient de faibles lumières. Kébir s'en voulut de la voir tremblante, il la rappela, doucement, pour qu'elle revienne vers lui :

– Ma sœur, sais-tu pourquoi je suis enfermé dans cette prison ?

– Je l'ignore. Ton visage n'est pas celui d'un bandit.

– Znour, je suis ici par amour. Ecoute mon histoire. Je m'occupais d'un garçon plus souvent dans la rue qu'à l'école, je voulais qu'il apprenne un métier, qu'il ne touche pas à la drogue. Lorsqu'il disparaissait, j'allais voir sa mère, nous le cherchions ensemble. Elle vivait dans une seule pièce, avec ses trois enfants qu'elle nourrissait difficilement en faisant des ménages. Une femme bonne, douce, courageuse et pleine de vie. J'allais de plus en plus souvent les visiter, ensemble, nous riions beaucoup. Doucement, je tombais amoureux sans m'en apercevoir, mes amis me mettaient en garde, je les trouvais stupides. Et puis, un jour, nos mains se rapprochèrent et nos cœurs aussi. Son mari ne s'occupait plus de sa famille depuis belle lurette, il avait tout bonnement disparu, nous n'avions pas l'impression de mal agir. On nous dénonça, un voisin méchant sans doute.

Prévenu, son époux voulut se venger. Un soir, les gendarmes entrèrent en fracassant la porte de la minuscule chambre. On nous mit en prison, elle du côté des femmes et moi des hommes. Fais bien attention à toi, Znour, l'amour est beau mais dangereux…

Une vaguelette avait touché les pieds de la rêveuse, elle rit, se leva. A peine sur pied, elle constata que Kébir, son protecteur, son ange gardien avait disparu. Elle entendit un gazouillis, s'approcha et vit un bébé nu sur le sable. Il souriait et agitait ses jambes et ses bras, visiblement heureux, elle se pencha, l'enveloppa dans son châle et courut pour échapper à l'eau qui montait.

De loin en loin, mosquée après mosquée, les voix rauques des muezzins trouèrent l'obscurité : ils appelaient les croyants à la première prière de la journée. Le rêve de Znour glissa dans les abysses de l'océan et elle s'éveilla. Au même moment, Bachir se rendait à la mosquée, il suivait les prescriptions du sorcier de Marrakech à la lettre, il avait peu dormi, tourmenté par l'amour. Un message arriva sur le portable de Znour, elle le lut.

Ma reine, tu es plus belle que le jour, je ne dors plus, je pense à toi, je t'aime, je t'en supplie, donne-moi ton amour.

Troublée et ne sachant que faire, elle alla boire un verre d'eau à la cuisine. Son mariage, bientôt son mariage, bien sûr, elle devait effacer ces mots et n'en parler à personne. Chouma[1] ! Quelle honte pour sa famille !

[1] chouma : chouma signifie honte

Elle supprima tous les messages de son téléphone mais ne réussit pas à les gommer de son cœur. Le sorcier de Marrakech avait dit vrai, du moins, pour Znour, pas pour son père.

Le mauvais œil

Sans relâche, Bachir continua à inonder de messages amoureux le portable de Znour, tous plus passionnés les uns que les autres. Les lisant et les relisant, elle en était bouleversée. Par prudence et lorsqu'elle était à la maison, elle éteignait son téléphone. Aussi, elle s'enfermait régulièrement dans sa chambre pour se délecter des mots doux de Bachir. Puis, à un certain moment, elle ne put résister, elle lui répondit. Certes, le langage était châtié mais malgré cela, l'amour transparaissait.

Vieillissant, le père de Znour se rendait régulièrement à Agadir chez un cardiologue pour un suivi médical. Pour la prochaine visite, il avait demandé à sa fille de l'accompagner car il se sentait très fatigué. A l'aller, le taxi s'était arrêté dans une station service à la sortie de Tiznit. De retour à la maison, le père de Znour avait demandé à sa fille de s'asseoir près de lui avant de lui dire :

— Tu te souviens, Znour, le garagiste qui est venu me saluer, c'est ton futur époux. C'est un bon musulman d'une famille respectée et tu seras une femme heureuse.

Znour se sentit mal, les larmes lui vinrent aux yeux, son père la galéja, croyant que c'était son futur mariage qui la chamboulait. Elle demanda à se retirer. Dans sa chambre, ses larmes coulaient, elle ouvrit son portable pour trouver le réconfort du dernier message de son amoureux.

Ma Schérazade, je veux te parler de nous, de notre bonheur, je ne peux plus attendre, je voudrais arrêter le temps pour que ton mariage n'ait jamais lieu. Je t'attends demain, à seize heures, à la Source Bleue, sois prudente, cache ton visage, tu emporteras une djellaba, tu changeras au retour pour que personne ne te reconnaisse.

Znour répondit immédiatement.

Impossible, je me marie, c'est impossible, oublie-moi ?

Quelques instants après, elle céda, elle envoya un autre message.

Je t'aime, mais tu dois m'oublier, me m'écris plus, je perds la tête, j'ai très peur.

La réponse fut on ne peut plus simple.

Je t'aime moi aussi, je t'attends demain.

Le lendemain, à quinze heures, Znour, nerveuse et indécise, n'arrivait pas à se décider. Subitement, ce fut comme si tout se passait sur un écran de cinéma, elle se vit mettre une djellaba dans un sac et s'entendit mentir à sa mère :

— Maman, j'ai oublié de te le dire, je dois rejoindre ma cousine qui m'attend au souk.

Elle n'écouta pas la réponse, elle sortit. Comme une somnambule, elle allait à son rendez-vous, le voile baissé sur les yeux cachant son regard.

Une cinquantaine de mètres avant la Source Bleue, Bachir la surprit en la saisissant par le bras et ne l'emmenant se cacher dans un cabanon en terre où l'on déposait habituellement des outils. A la source, près des bassins, des femmes assises sur des bancs papotaient, d'autres lavaient leur linge. Elles étaient joyeuses, riaient beaucoup et aucune ne remarqua les deux amoureux.

Bachir serrait Znour dans ses bras, à l'étouffer. Il enleva son voile, il la contempla, puis il se mit à l'embrasser sur le front et sur les joues. Znour se sentait comme perdue, elle essayait de le repousser, mais sa volonté était anéantie. Il lui prit les lèvres pendant que ses doigts s'emmêlèrent amoureusement dans ses cheveux. Un cri tout près du cabanon arrêta les caresses. Il poussa délicatement Znour vers le fond de la pièce et observa l'extérieur au travers les fentes de la porte en bois. Znour tremblait, ses jambes ne la portaient plus, elle sentit des gouttes de sueurs glissées sur ses tempes. Le moment fut interminable, enfin Bachir quitta son poste d'observation. Il prit Znour par la main et lui murmura :

– C'était un petit paysan avec son âne. Il passait juste.

Znour posa sa tête sur l'épaule de Bachir, elle se détendit. La tendresse, les caresses et les baisers de Bachir l'émouvaient. Cependant, elle se montra réticente lorsqu'il embrassa dans le cou et commença à la caresser plus intimement. Bachir se reprit, lui saisit ses deux poignées et lui déclara :

– Je veux que tu sois ma femme, nous allons nous sauver tous les deux puisque ton père refuse notre mariage. Je prépare notre départ, mais, ma chérie, je sais que tu vas prendre des cours pour tenir la comptabilité du garagiste, j'ai, dans une rue adjacente, une maison avec quatre appartements vides où je logeais des ouvriers. Mercredi soir, dans deux jours, je serai derrière toi lorsque tu sortiras du cours, je te guiderai… Je t'aime, n'aie pas peur, je veux notre bonheur.

Il soupira :

— Maintenant, il faut nous quitter, change de djellaba, je vais sortir en premier, quand je sifflerai, ce sera ton tour.

Znour retourna chez elle sans encombre. Son cœur était déchiré, elle voulait partir avec Bachir mais l'idée d'abandonner sa famille, surtout sa maman, la torturait. Elle écrivit à son amour combien elle doutait d'elle-même ? Combien elle se sentirait coupable si elle agissait comme cela ? Comment ses parents et ses frères seraient malheureux ? Et, surtout, elle ne voulait pas faire quelque chose contre la religion.

Chaque fois, Bachir répondait.

Je t'aime tellement qu'Allah et tes parents nous pardonneront. Je t'aime. Tu m'as été promise par Allah. Ne sois pas inquiète.

Lorsqu'elle sortit, le mercredi soir de son cours, seule, elle reconnut derrière elle les pas de son amour. Il la dépassa juste avant son riad et la dirigea vers la porte qu'ils franchirent rapidement. Bachir la poussait gentiment dans les escaliers, elle se sentait portée par les anges.

Au premier étage, la porte d'un l'appartement, entrouverte, donnait sur un simple salon, au fond, on apercevait une cuisine et une chambre. Ils entrèrent, il y avait une bouteille de coca sur la table basse, Bachir versa deux verres et en porta un aux lèvres de sa bien-aimée, puis l'embrassa, la caressant en lui ôtant sa djellaba. Le bijoutier se faisait de plus en plus pressant et la jeune femme voulut se revêtir pour partir, elle prétexta l'heure tardive :

— Je dois rentrer maintenant, on m'attend à la maison.

– Tu ne m'aimes pas ?

– Si, bien sûr, mais…

Elle n'eut pas le temps de terminer sa phrase que Bachir, l'ayant saisi par les deux bras, devant lui, la porta jusqu'à la chambre.

– Tu ne veux pas être ma femme, répétait-il en pleurant et hurlant.

Terrorisée, elle suppliait Bachir de la laisser partir, elle tremblait, elle pleurait, elle se roula en boule sur le lit, la tête entourée dans ses bras. Bachir avait visiblement perdu la tête. Il lui dit :

– Si tu es ma femme maintenant, plus personne ne pourra t'épouser.

Znour comprit en un éclair l'exhaltation dans laquelle se trouvait son amoureux. Cela l'effraya et elle s'évanouit.

Bachir cherchant son acceptation, laissa glisser son regard sur le visage de Znour. Sa peau avait la couleur d'une cire translucide et claire, il approcha sa bouche de ses lèvres entrouvertes, le souffle était très faible. Il eut peur, très peur, il la secoua, il alla chercher de l'eau à la cuisine. En l'aspergeant, elle lui donna l'impression de revenir doucement à elle. Lui, aussi, reprenait lentement conscience et lui dit :

– Znour, nous partons! Il parlait comme si rien ne s'était passé, juste un peu sévère.

Dans un sursaut, la jeune femme s'enfuit dans les escaliers, Bachir la rattrapa juste avant la porte d'entrée, la coinça contre le mur et bizarrement affectueux, lui dit :

– Ma Shéhérazade, tu es à moi, à moi pour toujours, je t'aime, nous allons partir et nous marier. Rentre chez toi, ne dis rien à personne de notre amour, tu gâcherai notre vie et celle de nos enfants.

Elle accepta ses baisers mais elle savait maintenant que sa vie était ailleurs. Le chemin du retour lui parut interminable, dès qu'elle eut franchi le seuil de sa maison, sa mère l'interpella de la cuisine :

– Tu rentres bien tard, ma fille. Vous avez dû beaucoup travaillé.

– Oui, maman chérie, et en plus j'ai mes règles, j'ai très mal au ventre, je monte me doucher et me coucher.

– Je te prépare une verveine, ma fille adorée.

En apportant la tisane, la maman de Znour fut bouleversée. Sa fille sanglotait dans son lit. En la prenant dans ses bras, son regard s'arrêta sur son pantalon, jeté à terre et taché de menstrues. Croyant que sa fille avait perdu sa virginité, elle se mit aussi à pleurer, elle paniquait, elle conjurait sa fille de se taire, de cacher le malheur qui venait de s'abattre sur sa famille.

Znour lui dit en la prenant dans ses bras :

– Maman chérie, je ne veux plus me marier, je dois partir, je partirai demain à Marrakech, c'est un secret, n'en parle pas à personne, je trouverai du travail et un logement. Tu viendras…

Elle n'eut pas le temps de terminer sa phrases, sa mère s'était mise à hurler, Znour lui couvrit gentiment la bouche avec ses deux mains.

En un instant, la jeune fille innocente était devenue responsable de son destin. Elle n'éprouvait ni haine, ni amour, elle venait de traverser un fleuve périlleux et accostait maintenant l'autre rive, le cœur plus ouvert. Elle consola sa maman et lui dit gentiment mais fermement d'aller se coucher. Immédiatement, le sommeil saisit la jeune fille, un sommeil de plomb et sans rêve.

Le lendemain matin, dès qu'elle ouvrit les yeux, elle se leva, se lava, s'habilla et se rendit au hammam sans attendre que sa mère se manifeste. Sur le chemin, elle répondit poliment aux salamalecs d'usage mais n'engagea aucune conversation.

La maison était vide lorsqu'elle rentra, elle devina que sa mère était partie chez une femme bien connue pour exorciser le mauvais œil et, cherchant son pantalon, elle comprit qu'elle l'avait emporté.

Znour appuya sur le bouton de la télévision pour meubler le vide de la maison. Toutes les chaînes filmaient en continu la place Tahrir du Caire où les égyptiens explosaient de joie, ils étaient victorieux, Moubarak avait quitté le pouvoir. Trop préoccupée par son histoire personnelle, elle n'avait pas suivi les évènements qui se déroulaient en cascade dans les pays arabes.

Seule, elle eut brusquement envie de comprendre cette flambée de liberté, elle replaçait sa petite histoire dans la grande. Elle sentait, au fur et à mesure des commentaires, qu'une lame de fonds l'avait métamorphosée en quelques heures.

Tout s'ouvrait, le désespoir de l'avant-veille devenait énergie, elle se réjouissait de ce qu'elle voyait. Elle comprit que le mariage que voulait lui imposer sa famille avait annihilé ses rêves. Depuis l'enfance, elle voulait être institutrice. Elle adorait son père mais une force ahurissante lui donnait l'audace de désobéir.

Observant les images qui défilaient, elle alla jusqu'à penser elle était proche d'accepter d'être la victime de Bachirpour échapper à son destin.

Insidieusement, le virus de la délivrance l'avait contaminée, comme beaucoup de jeunes, elle avait été emportée par le vent de liberté qui soufflait sur le Maghreb.

Sûre d'elle, elle se précipita dans sa chambre pour fourrer dans son sac de voyage quelques vêtements et vida une petite boîte où elle entassait ses économies, elle compta cinq cents dirhams qu'elle rangea dans son portefeuille. Elle quitta la maison.

Les promesses de la magicienne Aïcha

Dès son réveil, comprenant que sa fille était partie au hammam, la maman de Znour avait téléphoné à un chauffeur de taxi, bien connu pour sa discrétion. Elle s'était assise à l'arrière de la Mercédès qui avait roulé vers un village niché sur une haute falaise creusée de plusieurs grottes dominant l'océan.

Elle avait prié intensément pendant toute la durée du voyage. Le chauffeur s'était arrêté dans un village pour acheter un coq noir. Le jeune volatile, qui avait manifesté son désaccord avec véhémence, fut jeté dans le coffre arrière, pattes liées.

Arrivé à destination, le chauffeur mit la volaille dans un sac plastique opaque après lui avoir ligoté le bec avec une ficelle. Ils traversèrent le village, la vieille femme dissimulant son visage pour ne pas être reconnue, avant de longer la falaise sur un petit chemin très escarpé au-dessus de l'océan. Pour la rassurer, le chauffeur avait pris le bras de sa cliente. En contrebas, l'océan battait les rochers qu'il recouvrait d'une écume blanche, plusieurs vagues sautèrent jusqu'au chemin et les deux marcheurs furent copieusement arrosés. Enfin, ils atteignirent la grotte. A l'entrée, une femme attendait.

L'homme avait sorti le coq du sac plastique et le tendit à la praticienne. Aïcha, initiée par sa mère et dont la réputation n'était plus à faire, saisit le volatile d'une main et de l'autre un sac que la mère de Znour lui offrait et qui contenait du harmel[1], de la pierre

---

[1] le harmel est une plante toxique utilisée souvent dans la magie

d'alun, des olives noires et du henné en feuille, plantes et substances que le prophète recommandait contre le mauvais œil.

La magicienne prit la chibania par les épaules et l'emmena au centre de la grotte. Elle souffla sur un kanoun pour raviver la flamme et y jeta le harmel et l'alun qui prit en brûlant une forme d'œil.

Un moment après, elle s'adressa à la croyante :

— Que veux-tu ?

— Je veux que le mauvais œil quitte ma fille Znour, que celui qui lui a fait du mal soit banni et qu'un homme de valeur vienne pour l'épouser.

— Hum, c'est beaucoup. Regarde, dit-elle en lui montrant l'alun et l'harmel calciné. Cet homme-là veut vraiment beaucoup de mal à ta fille. Cela va te coûter trois cents dirhams.

— Je te les donnerai.

— Tu as apporté un vêtement de ta fille ?

La vieille tendit le pantalon souillé.

— Parfait, tiens-le comme cela devant toi.

Aïcha fit signe au chauffeur, qui se tenait en retrait, de prendre un couteau près du kanoun et de s'avancer. Elle tenait le coq au-dessus du pantalon et marmonna en hochant la tête quelques formules magiques pendant que le chauffeur, sorcier à ses heures, tranchait la gorge du volatile. On laissa le sang s'écouler un moment puis le chauffeur s'éloigna avec le coq mort. Ensuite, Aïcha avait saisi le pantalon, l'avait roulé et jeté dans un coin de la grotte où stagnaient des immondices.

La maman de Znour se sentait affaiblie et la sorcière l'accompagna jusqu'à un banc en pierre, au fond de la grotte, où elle s'allongea. Elle lui conseilla de dormir un moment en rêvant au mariage qu'elle voulait pour sa fille. Aïcha et le chauffeur en profitèrent pour boire le thé et échanger des nouvelles du pays, assis sur deux grosses pierres plates à l'entrée de la grotte. Après un sommeil trop court et agité, la vieille femme sortit de l'antre. Éblouie par la lumière du jour, elle attendit un moment avant de fouiller dans son sac pour payer Aïcha. Discrètement, la sorcière glissa un petit billet dans la main du chauffeur.

De retour à la maison, la maman de Znour eut le cœur brisé, sa fille avait dit vrai, elle était partie pour Marrakech. Elle lui téléphona. Znour, qui était dans le bus, décrocha :

– Ma fille adorée, reviens, tout est fini, je suis allée voir Aïcha, demain tout ira bien pour toi.

– Oui, maman, je t'aime, je te promets de revenir mais pas tout de suite, je vais travailler, je veux être institutrice... ne dis à personne où je suis. Je t'aime, ma petite maman, je te rappellerai.

Znour entendit les sanglots de sa mère avant de raccrocher. Le bus faisait son entrée dans Marrakech, elle descendit au Guéliz et se dirigea vers le riad « Les mille et une nuits ». Son sac de voyage à la main, elle poussa la porte de l'hôtel, il n'y avait personne à la réception. Les employés étaient dans le salon, ils écoutaient les dernières informations. Elle resta un moment à attendre avant que la réceptionniste s'aperçoive de sa présence.

— Excusez-moi, vous attendez depuis longtemps ?

— Non, c'est sans importance. Je voudrais voir Lalla[1] Mina.

— Lalla Mina est en congé, que puis-je faire pour vous ?

Znour hésita. L'employée, la sentant indécise, lui dit :

— Est-ce une de vos amies ? Vous voulez que je l'avertisse de votre venue ? Donnez-moi votre nom ?

— Znour, la fille du tailleur, je suis de Tiznit.

L'employée téléphona à Mina puis invita Znour à s'asseoir dans le salon en lui disant :

— Elle sera là dans moins d'une demi-heure.

— Merci beaucoup.

---

[1] lalla : mot d'origine berbère signifiant en français « Madame », est un titre, un signe de distinction donné aux femmes importantes ou issues de grandes familles d'Afrique du Nord. Le nom peut aussi être utilisé, de façon ponctuelle, en signe de respect.

Diane et Hassan : jeunes amoureux de Marrakech

Hassan attendait Diane dans la petite garçonnière que lui avait louée son père dans le quartier de Bab Doukkala pour être près de sa mère. Depuis plus d'une heure, un tagine au poulet mijotait sur la gazinière de la minuscule cuisine. Cela sentait bon. Hassan quitta sa page Facebook pour écouter le Roi Mohammed VI à la télévision.

Le ton et le décor, zelliges et tapis rouges, étaient solennels. À la droite du monarque, son jeune fils Moulay Hassan, sur sa gauche, son frère Moulay Rachid. Le roi présentait à son peuple une réforme constitutionnelle qu'il souhaitait globale et profonde et qui devait favoriser la démocratie et le développement. Hassan était tellement absorbé par les propos du souverain qu'il n'avait pas entendu Diane entrer. Elle s'écria en se précipitant vers la cuisine :

— Ca sent le brûlé !

— Ferme le gaz, répondit Hassan sans quitter des yeux le téléviseur.

Diane s'était assise à côté d'Hassan, ils étaient attentifs à chaque mot prononcé. Dès le discours du Roi terminé, Hassan avait coupé le son et, en embrassant son amie, lui avait dit :

— C'est super ! Le monde arabe se réveille.

— C'est sûr, d'ailleurs, j'ai aussi un changement à t'annoncer.

— Ha ! Oui ! Lequel ?

Diane voulut différer ses propos mais Hassan, perplexe, insista :

— Qu'est ce que tu veux me dire ?

— Hé bien, j'ai décidé de rester à Marrakech.

— Rester à Marrakech ? Pourquoi ?

— Tu ne comprends pas ? Je m'installe à Marrakech, je ne retourne pas à Paris. D'ailleurs, j'en ai parlé à mon père, il est d'accord.

Elle se rapproche de Hassan pour préciser :

— Nous pourrions vivre ensemble.

Hassan avait pris Diane par le cou, il était désappointé, la nouvelle le sidérait, il eut besoin d'un moment de répit avant de poser la question qui lui brûlait la gorge.

— Pourquoi un tel changement dans tes choix, Diane ? Jusqu'alors, tu étais prête à tout pour réussir ta vie professionnelle, tu sais pertinemment qu'il n'y a pas d'avenir dans ton métier à Marrakech.

— Qu'est-ce-que tu en sais ? J'ai l'intention de créer une galerie d'art. Ce ne sont pas les artistes qui manquent au Maroc.

Bien que cela ne semblait pas discutable, Hassan poursuivit :

— Et ton père est d'accord ?

— Hassan, j'ai trente ans, je peux commencer à prendre mes décisions seule.

— Bien sûr, et moi aussi.

Hassan embrassa Diane en guise d'acceptation. Il partit à la cuisine chercher le tagine mais surtout pour cacher l'émotion qui le submergeait, elle allait être près de lui en permanence.

Pendant ce temps, Diane installait la petite table ronde et deux coussins sur la minuscule terrasse. La jeune femme félicita son amoureux pour ses talents de cuisinier, le jeune monsieur fit le modeste :

– Un petit filet de grillé. Excellent !

Les deux grattaient minutieusement le fond du tagine avec un morceau de pain lorsqu'on frappa vigoureusement à la porte. Un groupe d'amis joyeux s'invitaient à boire le thé. On discuta passionnément jusqu'à tard dans la nuit des propositions du Roi, l'ambiance était survoltée, les avis partagés, certains allaient sur Facebook pour lire les commentaires et donner leurs opinions.

Ces jeunes, dont la plupart vivotaient de petits boulots, vivaient l'explosion de démocratie et de liberté du Maghreb comme une libération, ils apercevaient enfin la sortie du tunnel, ils se projetaient dans l'avenir avec beaucoup d'enthousiasme.

Au lever du jour, à la première prière, lorsque tous les amis furent partis, Hassan sortit pour rendre visite à sa maman dans une rue adjacente. Elle dormait dans un cagibi près du hammam. Il la regarda, attendri, la recouvrit de sa couverture et glissa un petit billet dans l'une de ses poches.

Aziza, mendiante et maternelle

Aziza, la mère d'Hassan, avait été la deuxième femme d'un bijoutier prospère de Marrakech, Mohammed Rabbaj. Son père, l'un des plus riches négociants en bijouterie de Tiznit, avait été flatté de l'offrir en mariage, même comme seconde épouse, à cet homme. Cette nouvelle alliance avait rendu leurs commerces encore plus florissants.

La première femme de Mohammed Rabbaj n'avait pas supporté la nouvelle venue. Pour enrayer les disputes continuelles, le bijoutier avait acheté un appartement dans le quartier du Guéliz pour sa seconde femme. Aïcha avait vécu là quelques années avec sa fille aînée, Zina, avant de tomber enceinte de son deuxième enfant. Mohammed avait pour cette femme, souvent surprenante, de l'amour et il lui rendait fréquemment visite.

Plus la date de l'accouchement d'Aziza approchait, plus elle avait un comportement étrange. Elle cessait brutalement la conversation et en perdait le sens, ou pire encore, elle répondait par des propos incohérents. Son mari lui proposa d'aller finir sa grossesse auprès de sa mère, il la croyait malheureuse par trop d'éloignement des siens. Sa réponse resta floue, insaisissable, incompréhensible.

Un soir, Mohammed quitta le domicile de sa première femme, il était inquiet. Il se rendit chez Aziza, il frappa à la porte aux alentours des vingt trois heures, aucune réponse, il ouvrit avec sa propre clef. Là, il constata que Zina dormait paisiblement, seule, dans le lit de sa mère, Aziza était absente. Il lui téléphona, elle répondit qu'elle faisait des courses, qu'elle allait revenir chez elle d'ici une heure. Il attendit, angoissé, il accepta enfin l'évidence, sa femme était malade, elle n'avait plus sa tête. Il se rendit à la police, on lui conseilla de rester chez lui. L'attente fut interminable, trois heures du matin, enfin le téléphone sonna. C'était la police.

— Pourriez-vous venir au commissariat central, nous avons trouvé une femme sur la place Jemâa el Fna, bien habillée, une djellaba bleue, elle refuse de nous suivre, elle dit que son mari va venir la chercher.

La police accompagna Mohammed dans un coin retiré de la place et il reconnut sa femme. Aziza était totalement amnésique, elle proférait des menaces délirantes :

— Je vais appeler mon mari si l'on m'empêche de faire mes courses.

On essaya de la raisonner, Mohammed lui montrait des photos d'elle, de sa fille, de leur couple. Rien n'y fit, il dut appeler un taxi pour la ramener chez elle. Elle se débattait. Rendu à l'appartement, il appela un médecin qui lui administra un sédatif sous forme de piqûre. Elle se réveilla très tard dans la matinée, l'infirmière chargée de la surveiller, lui expliqua que son mari viendrait dès que possible, son travail terminé.

L'après midi, elle profita de l'inattention de l'infirmière assoupie pour se sauver. Quinze jours passèrent et les recherches restèrent infructueuses, Mohammed était d'autant découragé qu'il savait que la date de l'accouchement approchait. Une voisine vint le voir, elle croyait avoir aperçu Aziza près d'un hammam à Bab Doukala. Il y alla et interrogea les femmes du hammam qui lui dirent qu'elle s'était réfugiée dans un petit cagibi. L'une d'elles sortit pour lui montrer l'endroit.

Il se baissa pour pousser une vieille porte en bois et là, il vit sa femme couchée sur de vieux sacs, un reste de couscous suri dans une assiette à ses pieds. Elle le regardait, hébétée sans le reconnaître. Mohammed tenta de lui parler, elle se recroquevilla dans le fond du cagibi et il venait de comprendre que ce qui bougeait, là, c'était un enfant, son enfant. Il l'entendait gazouiller et il se pencha pour s'approcher d'eux, Aziza devint une vraie furie, elle serra l'enfant contre elle au risque de l'étouffer, voyant qu'elle ne mesurait plus ses gestes, il recula.

Que faire ? Mohammed était désespéré, il essaya de trouver une femme au hammam pour surveiller Aziza et l'avertir au moindre problème. Sa confiance alla à une chibania qui apprécia le supplément d'argent qu'elle reçut du bijoutier et le portable qu'il lui offrit pour rester en contact. Chaque jour, elle devait téléphoner et porter des aliments frais pour l'enfant et la mère. Elle déposait chaque semaine du linge propre et elle cachait sous la mauvaise paillasse d'Aziza de l'argent que lui donnait Mohammed.

Quand Hassan eut quelques mois, Aziza se mit à sortir régulièrement dans la rue. Mohammed fut prévenu et il allait discrètement les voir. Il devina sous l'amas de vieux chiffons la jeune vie d'Hassan. Aziza arpentait le quartier, des heures durant, l'enfant caché sous un amoncellement de tissus lui servant de jupe. A son bras, pendait un cabas plein à craquer comme si elle devait porter en permanence tout sur elle, des journaux froissés sur le dessus dissimulaient le trésor.

Lorsque la maman d'Aziza venait de Tiznit pour la voir, sa fille lui répondait évasivement, ne semblait pas la reconnaître puis la chassait sans ménagement sous prétexte qu'elle devait s'occuper de son fils Hassan.

Le premier hiver, Mohammed eut très peur, lorsqu'il faisait froid, il ne trouvait pas le sommeil, et souvent, il se levait et allait les voir dormir discrètement dans le cagibi. Il essaya de proposer un autre lieu à sa seconde épouse par l'entremise de la chibania du hammam, elle refusa, adoptant un comportement dangereux pour son enfant lorsque celle-ci se fit insistante.

Hassan grandissait, sous la boule de chiffons, le petit bonhomme manifestait avec ardeur son goût pour la liberté, sa maman avait de plus en plus de difficultés à maîtriser ses tentatives d'évasion.

De plus en plus souvent, il réussissait à s'échapper, elle le poursuivait et le rattrapait. Ainsi, elle fut bien obligée d'accepter qu'Hassan fût exposé à la vue des autres. Cela étonna tout le monde, mais le petit était mignon, propre, bien soigné et il avait un tempérament joyeux. Il devint vite la mascotte du quartier et sa maman s'amusait beaucoup des pitreries de son gamin. Son père le voyait en cachette et il profitait le plus possible de l'inattention de sa mère pour lui dire quelques mots.

Rassuré de constater que son fils était sensé, équilibré, il accepta mieux la maladie mentale de sa femme. Pourtant, un jour, Aziza était entrée dans une crise épouvantable parce qu'Hassan avait traîné un peu trop longtemps loin du refuge maternel. Le cherchant partout sans le trouver, elle s'était précipitée sous une voiture pour évacuer son angoisse, prête à se tuer pour se libérer de l'obsession d'avoir perdu son enfant. Le chauffeur eut une grande frayeur mais évita la catastrophe de peu.

Par l'entremise de la vieille femme du hammam, Mohammed offrait souvent des jouets à son fils. Sa maman se réjouissait de le voir s'amuser, seul, devant ou à l'intérieur du cagibi.

Chaque semaine, Aziza passait la porte du hammam en tenant son fils à la main pour une bonne toilette. Là, elle devenait une maman comme les autres, elle frottait énergiquement son petit couché en travers de ses cuisses et s'amusait à lui verser l'eau sur la tête. Comme tous les enfants, Hassan rouspétait et préférait, les obligations de nettoyage terminées, s'asseoir dans un seau et s'amuser avec tout ce qui pouvait se transformer en bateau. Doucement, Hassan avait bien compris que sa maman était particulière mais l'entourage et la présence lointaine mais pleine d'affection de son père lui avait fait accepter sa situation sans trop en souffrir.

Néanmoins, le père d'Hassan s'inquiétait pour l'avenir de son fils. Lorsqu'il eut six ans, il comprit qu'il ne pouvait pas aller à l'école comme les autres enfants et il prit contact avec le responsable d'une association qui s'occupait des enfants de la rue. Le responsable connaissait bien Aziza. L'éducateur commença par persuader Hassan de venir régulièrement à l'association pour apprendre à lire et à écrire. Ce fut le fils qui fit accepter, avec facilité, par sa maman ses absences quotidiennes.

Certes, le nouvel écolier fut un peu intimidé les premiers jours mais il s'intégra rapidement et aisément dans le groupe des enfants. Il commença à apprendre quelques rudiments de calcul et d'écriture et se révéla être un élève attentif et agréable. Ce qui étonnait le plus les éducateurs, c'était son calme, il ne s'énervait jamais même quand, au tout début, les autres gamins lui faisaient des tours, lui cachant ses affaires ou son casse-croûte. Après les cours de l'association, le petit mendiant rentrait dans le cagibi où sa maman l'attendait, il rangeait ses livres et cahiers et interdisait formellement à sa mère d'y toucher.

Petit à petit, sa maman s'habitua aux absences de plus en plus fréquentes et longues de sa progéniture. Quelques mois après, l'association lui proposa de l'inscrire dans une école. Hassan préféra rester à l'association, travailler seul en surveillant sa maman. La vie forgeait son tempérament indépendant d'autodidacte. Cependant, devenu adolescent, il souhaita quitter le cagibi qui était devenu trop petit pour lui et sa mère.

Son père lui offrit la location d'un petit appartement dans la médina, près de Bab Doukkala. Doucement, Hassan s'éloigna de sa maman : au début, un jour, deux jours par semaine. Quelquefois, la nuit, on frappait à sa porte, on venait le chercher car celle-ci était en crise dans la rue, elle le cherchait. Alors, il retournait dans le cagibi le temps nécessaire pour la rassurer.

Chaque jour, immanquablement il lui rendait visite. Elle avait gardé les jouets de son fils comme un trésor précieux, régulièrement, elle les étalait devant son cagibi puis les rangeait avec plein de précaution à nouveau au fond du réduit. À l'âge de seize ans, ce garçon si particulier décida de devenir à son tour éducateur pour les enfants de la rue.

Petite fille, Diane avait souvent vu ce gamin et sa maman dans la médina mais elle avait mis beaucoup de temps pour associer l'image du discret Hassan de l'association où elle offrait des séances de dessin et de peinture à celle du petit mendiant. Puis, elle aida Hassan pendant tout un été à encadrer les enfants de l'association qui séjournaient par groupe au bord de l'océan.

Les gamins, eux, avaient compris bien avant les deux amoureux les sentiments qui les unissaient. Ils les taquinaient sans relâche.

De retour à Marrakech, Hassan et Diane ne purent résister au plaisir de se voir quotidiennement. Diane fit les premiers pas, et l'amitié se transforma en amour tout naturellement. Ils vécurent ainsi, heureux et insouciants, jusqu'au jour où Diane prit l'avion pour Paris où ses études l'attendaient.

Plusieurs années s'écoulèrent ainsi : Diane venait le plus souvent possible. Elle ne voulait pas renoncer à son avenir professionnel et Hassan acceptait son choix. Il attendait ses venues avec patience et souffrait de ses départs en silence. Les séparations devenues de plus en plus difficiles mirent Diane au pied du mur, ce fut elle qui décida de privilégier leur amour.

La cueilleuse de fraises est de retour d'Espagne

Un matin, Philippe se rendit à Setti-Fatma pour reprendre la clef de sa maison laissée en dépôt à Hafid. Il voulait que Diane et Hassan puissent sortir facilement de Marrakech et leur offrir la possibilité de résider dans un endroit calme et frais.

Lorsqu'il pénétra dans la maison de son ami, l'atmosphère très tendue entre les époux le surprit. Khadija avait son visage des mauvais jours, entre colère et obéissance. Une grande anxiété s'exprima dans le geste appuyé d'un regard triste qu'elle fit à l'intention de Philippe pour lui désigner la terrasse où son mari s'était réfugié.

En femme respectueuse des traditions, Khadija était retournée à ses occupations ménagères en remerciant Dieu de la venue de l'ami de la famille. Elle avait toujours apprécié la sensibilité de Philippe qui avait su lui donner, avec délicatesse, de l'affection autant qu'à son mari.

Philippe s'approcha de Hafid. Celui-ci tapota un coussin pour l'inviter à s'asseoir près de lui. Philippe resta debout et ce fut Hafid qui se leva. Les deux hommes étaient maintenant face à face, sans trop en comprendre les raisons, ils s'opposaient. Ce fut Philippe qui engagea la conversation :

— Je voudrais reprendre les clefs de ma maison pour les donner à Diane, tu comprends, ils sont dans un tout petit appartement à Marrakech…

Philippe n'eut pas le temps de terminer, Hafid affirma sur un ton sans réplique possible :

— Ce n'est pas possible, la cueilleuse de fraises va bientôt revenir d'Espagne…

Philippe fixait maintenant son ami dans les yeux, les mots mirent du temps avant de sortir de sa bouche :

— La cueilleuse de fraises ! Je ne veux pas de cette femme chez moi, tu as perdu la tête, tu ne vas pas installer cette femme ici, dans ton village ?

Philippe n'eut pas le temps de terminer que Hafid, ivre de colère, hurlait :

— Ce n'est pas toi qui va me dicter ma conduite. Toi, tu as laissé partir ta femme sans rien lui demander. Nous, ici, on respecte la famille, les femmes savent se tenir…

Ces derniers mots blessèrent Philippe. Son regard s'était rivé dans celui de Hafid comme pour lui dire qu'il détruisait pour presque rien trente ans d'amitié. Hafid s'était éloigné jusqu'à la balustrade et observait la montagne comme si la solution s'y trouvait, il ne voulait pas renoncer à cette femme mais les paroles de Philippe l'avaient sonné.

Quant à Philippe, il réfléchissait, il cherchait une solution rapide pour résoudre le conflit, finalement, il trancha :

— Je te laisse les clefs huit jours, pas un jour de plus, tu te débrouilles !

Hafid n'eut pas le temps de répondre, on frappait vigoureusement à la porte. Il se dirigeait vers celle-ci, sauvé par le gong.

Philippe lui avait emboîté le pas, histoire de ne pas s'éterniser dans la maison. Au passage, il fut intercepté par Khadija. Elle lui avait préparé un bon thé. Pour lui faire plaisir, il l'accepta.

Hafid revint dans le salon en compagnie d'un marocain grand et souriant, d'une trentaine d'années, habillé à l'européenne, en jean et tee-shirt. Il salua Philippe la main sur le cœur et, regardant alternativement les deux amis, déclara :

– Je suis le fiancé de Fathia, nous rentrons à Tiznit pour nous marier…

Hafid secouait sa tête d'une telle façon que le visiteur le crut insensé. Philippe savait que cette attitude précédait des explosions de colère chez son ami, il s'avança en entourant fermement ses épaules. Le visiteur, se croyant incompris, crut bon de compléter sa demande :

– Je viens chercher la clef de la maison où elle a laissé ses valises.

Philippe continuait à tenir fermement son ami, il prit la situation en main :

– Tout à fait, je suis le propriétaire.

Se tournant vers Hafid blanc comme un linge, il interrogea celui-ci :

– Où est la clef ?

Hafid restait cloué sur place, il semblait ne pas entendre ce qu'on lui demandait. Le fiancé se sentait gêné, il ajouta avec un sourire qui se voulait compréhensif :

— Toutes ces clefs, on ne sait jamais où elles sont!!

— Si, si, je sais, répondit Hafid.

Il prit l'escalier, se retourna une dernière fois, Philippe opina du chef, c'était la bonne démarche, il continua donc son ascension et il revint rapidement en brandissant la clef.

Il s'apprêtait à accompagner le fiancé mais Philippe coupa court à cette velléité, il voyait d'un mauvais œil la rencontre entre son ami et la cueilleuse de fraises. Il prit la clef des mains de Hafid et saisit le fiancé amicalement par les épaules en déclarant :

— Je vous accompagne, comme cela, je récupère la clef en même temps.

Le fiancé remercia Hafid qui, subitement, retrouvait le sens de l'hospitalité ; il proposa un thé au visiteur qui s'apprêtait à accepter. Philippe se dit pressé, il harponna le bras de l'homme et l'attira fermement vers la sortie.

La cueilleuse de fraises attendait devant la maison de Philippe, il la salua avant d'ouvrir la porte. Il aida le couple à charger les valises dans la voiture de location. La femme demanda des nouvelles de Hafid, Philippe répondit qu'il allait très bien mais qu'il n'avait pas eu le temps de venir. Elle se tourna vers son fiancé qui, bien qu'étonné, confirma du regard.

Philippe ressentit un immense soulagement lorsque la voiture fit demi-tour pour reprendre la route. Hafid était arrivé, silencieux, malheureux, il bredouilla :

– Je suis fou de cette femme !

La réponse ne se fit pas attendre :

– Elle n'est pas pour toi, t'as compris, elle est fiancée.

– Fiancée ? Peut-être qu'il a menti ?

– Bon, on n'en parle plus, faut savoir s'arrêter, être raisonnable.

– D'accord. Quand je pense qu'on a failli se fâcher, soupira l'amoureux.

En guise d'acquiescement, Philippe tapota la joue de son ami et lui dit, rieur.

– Et pour une femme en plus !

Diane et la photo compromettante

Diane téléphona à son père :

— Papa, je voudrais prendre quelques livres dans ma chambre, je dois travailler mon mémoire.

— Je suis à Setti Fatma, je suis parti récupérer la clef de notre maison pour vous la donner. Demande à notre voisine de te donner la clef de l'appartement, je t'embrasse, ma chérie.

— Merci Papa, je t'embrasse aussi.

Dès que Diane fut dans l'appartement, elle se prépara un café à la cuisine avant de se diriger vers la bibliothèque. Comme à son habitude, elle se mit à parcourir les rayons dont deux étaient entièrement remplis de livres sur le théâtre, la passion de sa mère. Diane papillonnait, ouvrant des ouvrages, lisant quelques lignes avant de les reposer.

Elle tenta d'en saisir un, étonnament recouvert de papier journal. Elle se mit sur la pointe des pieds pour l'atteindre, le papier journal collé à un autre livre, s'arracha. Elle tourna les premières pages et découvrit le titre :

" *Fragments d'un discours amoureux[1]* "

Elle aimait laisser les livres s'ouvrir d'eux-mêmes, ainsi elle lisait et relisait les passages les plus parcourus. Elle retourna le livre pour le débarrasser d'un morceau de journal qui pendait. Une photo, collée vigoureusement à l'envers sur la quatrième de

---

[1] Les "Fragments d'un discours amoureux" est un essai paru en 1977 de l'écrivain et sémiologue français Roland Barthes

couverture mentionnait une date devenue illisible, l'encre s'étant décolorée avec le temps. Cela l'intrigua, elle décolla un bord, glissa son œil entre le livre et la photo, le mystère restait complet. Curieuse, Diane ne résista pas plus longtemps, elle retira le reste du scotch.

C'était une photo ancienne, touchante, un couple se tenait dans un cœur serti de fleurs. Cela la fit sourire. Une ancienne couleur sépia rendait les contours des visages irréels, elle saisit une loupe dans le tiroir du bureau de sa mère. En distinguant mieux les amoureux, elle se laissa tomber sur le canapé sous l'effet de la surprise. Elle s'était projetée sans ménagement dans un moment dont elle ignorait l'existence, celui de sa vraie histoire.

Il lui fallut beaucoup de courage pour effectuer un deuxième examen. Elle le fit, et cette fois, elle crut ses yeux, Hafid et sa mère, joue contre joue souriaient, heureux, à un photographe complice.

D'abord un fracas, comme une ville sous les bombes, suivit d'un mal de tête fulgurant. Elle s'allongea, mit ses mains sur son ventre comme pour protéger l'enfant qu'elle aurait pu porter et se recroquevilla, elle pleurait. Elle mit longtemps avant de pouvoir se détendre et d'organiser ses pensées.

Hafid pourrait-il être mon père ? Si oui, pourquoi ma mère s'était-elle mariée avec mon père ? Elle sentait cette dualité fortement inscrite dans son cœur mais trop douloureuse à vivre. Elle pensa à sa mère, aussitôt la colère l'envahit, elle allait l'appeler et lui demander des explications, c'était son droit. Elle décrocha le combiné, commença à composer le numéro, ses doigts se figèrent. Cette femme lui était devenue étrangère.

Comment avait-elle fait pour se cacher ainsi ?

Une menteuse, une tricheuse. Les circonstances se rejoignaient dans un faisceau unique, elle n'avait pensé qu'à elle. Elle avait grandi sous le joug de cette femme froide, égoïste, frustrée de ne pas être devenue une grande comédienne, vivant uniquement dans l'attente d'un moment propice pour se réaliser. Elle la revit, monter dans l'avion, la première fois qu'elle allait soi-disant « *faire du théâtre à Paris maintenant que sa fille n'avait plus besoin d'elle* ».

Elle se persuada que sa mère avait parcouru sa vie, seule, ses ambitions l'emportant toujours sur son cœur, changeant d'amours comme on change de chemise sans éprouver la moindre émotion.

Et Hafid, lui, savait-il ? Certainement, pensa-t-elle. La seconde suivante, elle se reprit : « bien sûr que non, Hafid était trop droit, trop attaché à ses principes pour se comporter comme cela ». Comment sa mère avait-elle intrigué pour que Philippe et Hafid restent dans l'ignorance ? Lequel était son père ?

Il lui fallait recomposer ses souvenirs, ses premiers souvenirs d'enfance. Elle allait jouer cette partie finement : d'abord, ne pas blesser son père – chaque fois, ce mot s'ensuivait d'un imbroglio qu'elle n'arrivait pas à démêler. Ensuite, affronter sa mère en s'armant de preuves irréfutables.

En moins d'un quart d'heure, elle prit la décision de prendre un avion, dans la journée, pour Paris et de demander des comptes à sa procréatrice le soir même.

Quelques heures après, Diane assise sur le palier de l'appartement de sa mère reconnut son pas dans l'escalier. Elle se leva pour lui faire face. Natacha n'en crut pas ses yeux :

– Diane, si je m'attendais !

– Oui, j'ai pris l'avion aujourd'hui, j'ai à te parler.

Le ton était froid et la mère prit un air détaché, elle aspirait à la tranquillité avec sa fille, elles entrèrent.

– Pose tes affaires dans la chambre d'amis, tu veux boire un thé ?

Dans la chambre, Diane ouvrit sa valise, elle tenait maintenant la photo compromettante dans sa main, elle entendit sa mère parler au téléphone avec son futur mari.

Natacha répétait sans comprendre et en jet successif :
— Un attentat à Marrakech ! Place Jemaa El Fna ! Des morts !

Elle était venue sur le pas de la porte, elle ne respirait plus, elle regardait sa fille, réalisa qu'elle était tellement heureuse de sa présence, elle fit demi-tour et composa le numéro de portable de son ex-mari, Philippe.

— T'es où ? lui dit-elle.

Philippe reconnaissant sa voix lui répondit, fraîchement :

— Pourquoi cette question ?

— Tu n'es pas au courant, un attentat, place Jemaa El Fna à Marrakech !
— Quoi ! Je suis à Setti Fatma avec Hassan, nous repeignons le salon. Excuse-moi, je raccroche, je téléphone à Diane.

— Diane, elle est là, devant moi.

— À Paris ?

— Oui, elle a pris l'avion aujourd'hui.

— Pourquoi ?

— Je ne sais pas.

— Je peux lui parler ?

Diane prit le téléphone, elle expliqua à son père qu'elle avait eu un besoin subi de parler à sa mère. Celui-ci trouva les circonstances surprenantes mais il se sentit rassuré.

— Quand rentres-tu ?

— J'ai un avion demain matin. J'arrive à quinze heures.

— J'irai te chercher.

Natacha cria dans l'écouteur :

— Va la chercher à l'aéroport, je ne veux pas qu'elle soit seule à Marrakech.

— Dis à ta mère que je sais ce que j'ai à faire.

Diane ne transmit pas le message dans son intégralité, elle précisa seulement à sa mère que son père avait prévu de venir à l'aéroport. Elle voulut parler à Hassan mais son père lui dit qu'il était parti chez Khadija pour lui commander un tagine.

— À demain, papa.

— À demain, ma fille chérie. Je t'embrasse.

Natacha profita du moment passé dans la cuisine à préparer le thé pour se remettre de ses émotions. Diane était retournée dans la chambre, elle regardait la photo, elle ne savait plus si elle devait en parler, sa détermination avait terriblement baissé, sa mère était soucieuse d'elle, pourquoi venait-elle la voir avec cette photo ? Avait-elle le droit de questionner ses parents ? Elle n'avait pas entendu sa mère qui, à côté d'elle, l'observait. Elle s'étonna :

— Où as-tu trouvé cette photo ?

— Dans la bibliothèque, collée derrière un livre, répondit Diane d'une voix blême.

— C'est Hafid et moi, dit-elle un franc sourire aux lèvres.

— Dans un cœur ? Tu peux m'expliquer ?

Natacha eut un sursaut, elle n'avait pas imaginé que cette photo puisse poser un problème à sa fille, elle eut envie de la gifler, se retint, se tourna vers elle, lui expliqua :

— Cette photo a été prise la première fois que je suis allée à Marrakech — je faisais à l'époque une conférence sur le théâtre — j'avais rencontré Hafid et ton père. Un de leurs amis, un photographe professionnel nous proposa de faire quelques clichés qu'il s'amusa à décorer. Il nous en donna deux, l'un où je suis avec Hafid et l'autre avec Philippe.

Diane restait de marbre. Avec aplomb, elle fit subir à sa mère le questionnement le plus difficile de sa vie, celle-ci s'y prêta sans broncher, par amour.

— Pourquoi as-tu caché cette photo ?

— Quelle question ? Je ne sais pas. C'est Philippe qui ne voulait pas qu'elle traîne pour éviter les problèmes quand Hafid s'est marié.

— Mais tu as eu une relation avec Hafid ?

Natacha eut envie d'étrangler sa fille mais gardant son calme, lui répondit :

— Nous avons été amis, ton père, Hafid et moi. Je suis revenue plusieurs fois à Marrakech avant de sortir avec ton père. Jamais avec Hafid.

— Et l'autre photo, où est-elle ?

Natacha n'en pouvait plus, elle ne supporta pas cette dernière question.

— Je n'en sais rien et je m'en fous ! Mademoiselle le Juge !

Un silence mit fin à ces échanges amers, chacune des deux femmes avaient envie de se retrouver seule. Natacha se réfugia dans sa salle de bain pour retrouver ses forces et Diane sortit pour marcher et digérer son malaise.

Son soliloque ressassait une culpabilité douloureuse :

« Comment avait-elle pu douter ainsi de ses parents ? Elle s'emballait trop vite. Comment revenir vers sa mère ? Comment se faire pardonner ? ».

Elle sortit et erra longtemps dans Paris. Elle franchissait les portes du Jardin du Luxembourg lorsque son portable sonna. C'était sa mère, sa voix était angoissée mais, une fois de plus, elle pardonnait à sa fille son indélicatesse, Diane avait toujours eu ce caractère entier.

— Je t'invite au Restaurant, ma fille. Je t'attends. Où es-tu ?

Diane, délestée de sa colère et écrasée sous sa maladresse, ne répondit rien d'autre que :

— J'arrive, maman. Un soupir libéra un « je t'aime ma petite maman ».

C'était une tradition dans la famille, quand on voulait se parler, on allait au restaurant. Ce n'est qu'au dessert que Natacha, inquiète des derniers évènements, exprima ses doutes :

— Ce n'est pas que je veuille te soustraire à ton père, mais je crois que ton avenir est à Paris, tu vois, Marrakech … Hassan pourrait venir en France ?

— Maman, tu sais bien qu'il ne peut pas laisser sa maman, s'il partait, elle pourrait se suicider, elle se jetterait sous une voiture…
— Oui, bien sûr.

Les deux femmes décidèrent de laisser les sujets sérieux pour plus tard et les échanges devinrent légers, elles riaient beaucoup, se moquaient gentiment des uns et des autres, connivence et bonne humeur firent de cette soirée un moment inoubliable.
De retour à la maison, on écouta les nouvelles, le Roi prenait des dispositions : il envoyait des policiers spécialisés contre le

terrorisme. Les Marocains occupaient la place Jemaa El Fna, sans peur et résolus, ils répondaient aux interviews des chaînes étrangères, disaient leur cœur brisé, affirmaient que ce massacre n'avait rien à voir avec leur religion. Attristés et profondément blessés, ils voulaient un Maroc sans cette violence incompréhensible et inutile.

Cette nuit-là, Natacha fut réveillée plusieurs fois par sa fille. Diane dormit mal, des cauchemars la réveillaient fréquemment. D'abord, elle marchait dans une atmosphère blanchâtre, elle revit une galerie de visages défiler comme lorsqu'elle était enfant, ils étaient tous recouverts de poussière, l'un avait un regard insupportable, elle crut reconnaître Raspoutine. Son père arriva et lui dit :

— Tu as trop lu de romans russes, mets ce Raspoutine dehors, une bonne fois pour toute.

À peine avait-il fini de dire cela qu'une explosion éclata dans la pièce d'à côté, son écho se répandait comme un ricochet sur l'eau, les cercles grandissaient, il semblait ne jamais devoir s'arrêter. Les murs se fendaient, du sang se mit à couler doucement des interstices, les fentes s'écartaient et le liquide rougeâtre se répandait maintenant à flot. Diane voulait se réveiller pour échapper à la terreur, un éclair bleu acier qui traversa sa tête lui ouvrit les yeux. Sa mère était là.

— Tu fais des cauchemars ?

— Oui.

Comme la petite fille qu'elle fut, Diane se réfugia dans le lit de sa mère qui avait filé à la cuisine et lui rapportait un verre d'eau, elle en but quelques gorgées et se sentit mieux. Sa mère voulut la prendre dans ses bras, elle la repoussa gentiment, elle n'était plus une gamine.

Le remords de Bachir, le bijoutier

Znour s'était facilement installé à Marrakech avec l'aide de Mina et de Philippe. Elle louait à Rachida et à son mari, la masseuse du hammam, un petit appartement sur la terrasse de leur maison. Pour gagner sa vie, elle donnait des cours de français dans un institut privé.

Chaque semaine, Jalil, le plus jeune fils de Rachida, allait chez Znour pour réviser ses leçons.

Ce mercredi là, Jalil s'appliquait à lire les dix premières pages du « Petit Prince » pendant que Znour préparait des gâteaux dans la cuisine tout en écoutant la lecture du jeune garçon. Elle le corrigeait si cela s'avérait nécessaire. Soudain, on frappa à la porte, content d'échapper un instant à son travail, le jeune garçon alla ouvrir. Surpris, il revint immédiatement et annonça :

– C'est un taxi de Tiznit, je le connais, c'est un ami de mon papa, il s'appelle Mohammed.

Cette visite inattendue la surprenait. Elle pensa à sa mère mais se ravisa, si quelque chose de grave était arrivé, on aurait téléphoné. Elle mit rapidement un foulard sur sa tête avant d'aller saluer le visiteur. Debout dans l'encadrement de la porte, Mohammed mit sa main sur son cœur avant de lui dire la raison de sa visite :

– Salam Aleikoum, Znour, c'est Razik, l'ami de Bachir le bijoutier de Tiznit qui m'a dit de te porter cette valise.

Znour croisa ses deux avant-bras sur son visage en signe de refus et fit mine de fermer la porte mais le chauffeur glissa la valise dans l'entrebâillement.

– Znour, j'ai promis, tu dois prendre cette valise, Razik m'a payé pour venir te l'apporter de Tiznit…

Znour s'adoucit. Mohammed restait là, planté sur le palier, il finit par lui dire :

– Bachir est très malade, je crois qu'il regrette, qu'il voudrait bien réparer le mal…

– Bachir, c'est qui ? Questionna le petit Jalil.

Le jeune garçon gardait en permanence une oreille tendue, cherchant à comprendre les propos des adultes, posant des questions qui recevaient quasiment toujours la même réponse : tu comprendras quand tu seras grand.

Mohammed se sentit très gêné, Znour le sortit de cette situation délicate :

– Jalil, va me chercher du sucre et du thé à l'épicerie.

Elle lui donna dix dirhams, le garçonnet partit en sautillant, ravi de sortir et peut-être de rencontrer un ou deux copains. Znour se tourna vers Mohammed.

– Tu dois être fatigué, si tu as faim, j'ai un tagine au poulet qui termine de cuire.

Sans attendre la réponse, Znour disparut dans sa cuisine, le chauffeur attendit quelques instants avant de s'asseoir sur la banquette du salon. Il avait l'intention de prendre seulement un peu de repos mais, exténué, il s'endormit.

Jalil, de retour, secoua la manche du chauffeur et s'empressa d'aller avertir Znour qui s'affairait à la cuisine, il chuchota :

— Znour, il dort.

— Je sais, laisse-le se reposer, ne fais pas de bruit, révise ton texte à voix basse, lorsqu'il se réveille, vous mangerez.

— Moi, j'ai faim, répliqua le garçon avec une grimace.

— Moi aussi, je vais te manger, répondit Znour en faisant semblant de lui grignoter les oreilles.

L'enfant se débattit en riant et s'échappa.

La valise en métal blanc gênait le passage, Znour la poussa sur le côté, à l'intérieur de sa chambre. Elle remarqua la taille démesurée du cadenas. Elle se dit dans son for intérieur :

— Encore une fourberie de Bachir. Quand serai-je débarrassé de lui ? Je vais dire à Mohammed de lui ramener son cadeau empoisonné.
Jalil voulut s'assurer que le chauffeur ne faisait pas semblant de dormir, il lui murmura à l'oreille :

— Tu dors encore, j'ai faim, moi.

Quelques minutes de sommeil avaient suffi à Mohammed pour reprendre des forces. Il ouvrit les yeux, tapota la joue du garçonnet et lui demanda de l'eau pour se laver les mains.

— De l'eau pour le chauffeur, claironna le gamin.

Znour s'adressa à Mohammed :

– Il t'a réveillé, il est terrible !

– C'est bien comme cela, je dois retourner à Tiznit, ce n'est pas la porte à côté…

Jalil versa l'eau d'un broc sur les mains de l'invité puis lui tendit une serviette pour les essuyer. Znour étala une toile cirée sur la table ronde du salon, elle apporta une théière et des petits verres et ils commencèrent par boire le thé.

Le chauffeur questionna Znour :

– Le mari de Rachida m'a dit que tu es institutrice ?

– Non, je travaille comme remplaçante dans une école française et je donne des cours particuliers à des enfants, surtout en français.

– C'est formidable, tu as du mérite.

Mohammed la regardait, admiratif, Znour ressentit une grande gêne, elle rougit et se déroba à son regard en allant chercher le tagine et de l'eau fraîche à la cuisine. Jalil trépignait, il voulut retirer le couvercle du tagine, Znour l'arrêta et Mohammed lui dit, tout en cassant le pain en morceaux :

– On dit d'abord bismillah[1].

Le petit effectua ce rituel de bonne grâce. Mohammed et Jalil enserrèrent des pommes de terre et du poulet dans un morceau de pain. Znour se tenait debout, visiblement elle ne voulait pas s'asseoir à la table. Le chauffeur lui dit :

[1] bismillah : " Au nom de Dieu"

– Tu ne manges pas ?

– Je mangerai après.

– Pourquoi ?

L'enfant s'était arrêté et regardait alternativement l'un et l'autre.

– Cela me ferait plaisir que tu manges avec nous, Znour.

Puis, Mohammed, secoua la tête avec drôlerie vers Jalil qui se mit à rire :

– On dirait un âne, Mohammed.

La jeune femme pouffa, hocha la tête comme Mohammed pour amuser Jalil avant de s'asseoir. Le tagine fut dévoré, Znour desservit la table avant d'apporter quelques fruits. Elle pensa à nouveau à la valise et demanda à son visiteur :

– Mohammed, tu peux m'aider à ouvrir cette valise.

– Ce n'est pas possible, Razik m'a fait promettre de seulement te la remettre. N'aie pas peur, Bachir a bien changé.

D'ailleurs, je vais reprendre la route mais avant, je dois téléphoner à Razik et tu devras lui dire que tu as bien la valise. Sans attendre de réponse, Si Mohammed[1] appela Razik.

– Salam Aleikoum, je suis chez Znour, elle a la valise, je te la passe, dit-il en tentant le portable à la jeune femme.

– Salam Aleikoum, la valise est là mais je n'en veux pas.

Razik répondit :

[1] Si Mohammed : "Si" marque le respect devant le nom du prophète

– Waleikoum Essalam, tu dois la garder, c'est la volonté d'un mort, Bachir n'est plus.

Elle resta sans voix, Mohammed retira doucement le téléphone de sa main avant de le porter à son oreille. A son tour, il apprit la nouvelle, puis avant de raccrocher, il informa son interlocuteur qu'il serait de retour le soir même. Znour était sous le choc, elle souhaitait rester seule. Mohammed sortit en posant discrètement sa carte de visite et la clef du cadenas de la valise sur la table.

Znour dissimula à son regard la valise dans un coin de la chambre et s'efforça de ne plus y penser. Jalil avait repris sa lecture à haute voix lorsque Mina téléphona. Znour se confia à son amie, un impérieux besoin de se délivrer avait surgi du fond de son âme et la submergeait. Les mots s'étouffaient dans sa gorge. Cette mort brutale la laissait désarmée. Face au désarroi de Znour, Mina lui promit de lui rendre visite dans la soirée. Znour respira mieux, elle proposa à Jalil de poursuivre sa lecture au parc de la Mamounia, la réponse ne se fit pas attendre :

– Tu m'achèteras une glace ?

En bonne institutrice, elle lui répondit :

– D'abord, tu liras les dix premières pages de ton livre sans hésitation, ensuite viendra la récompense.

Le parc était magnifique et plein d'enfants, Znour eut bien du mal à faire respecter le contrat car des copains sollicitèrent Jalil pour jouer. Znour lui donna sa liberté mais décida de rentrer plus tôt à l'appartement pour qu'il termine sa lecture.

L'après-midi était bien avancée lorsque Rachida, qui venait chercher son fils, rencontra Mina chez Znour. Rachida ne s'attarda pas, elle devait mener son fils à sa séance hebdomadaire de judo.

Znour se confia à Mina :

— Bachir est mort et j'ai peur de ce qu'il aura voulu mettre dans cette valise.

— De quoi est-il mort ?

— Des bruits couraient à Tiznit qu'il était très malade mais je n'en sais pas plus.

— A mon avis, il aura été malheureux de te perdre, il a voulut se faire pardonner avant de mourir. Tu n'as rien à craindre, au plus, si le contenu était mauvais, nous le jetterions.

Znour se calma, s'excusa et se rendit dans sa chambre pour se passer un peu d'eau de rose sur le visage. Elle appela son amie :

— Regarde, la valise est là.

Mina pénétra dans la chambre et trouva la valise imposante.

— Tu as la clef ?

— Oui, où l'ai-je mise ?

Mina chercha un moment la maudite clef avant de la trouver sur le dessus de la télévision en compagnie de la carte du chauffeur de taxi.

— Ha ! C'est Mohammed qui t'a amené la valise ! Un de mes frères m'a dit qu'il s'était marié avec une fille de Goulimine, elle est retournée chez son père à peine un an après.

– Je ne sais pas, il ne m'a pas parlé de son mariage.

– On dit aussi qu'il fait de la politique.

Elle regardait maintenant Znour dans les yeux :

– Tu es prête, je peux l'ouvrir ?

La valise fut posée sur la table du salon, le cadenas émit un bruit sec lorsque Mina tourna la clef, elle jeta un dernier coup d'œil à son amie pour être sûre de son geste avant de découvrir le contenu mystérieux. Les deux femmes se regardèrent, tout était enveloppé avec un soin méticuleux dans du papier journal et chaque paquet fermé par un large scotch.

Znour prit un premier paquet plutôt plat qu'elle ouvrit soigneusement à l'aide d'une paire de ciseaux. Il y trouva cinq mains de Fatma, en bel argent, de taille différente.

Comme toutes les femmes du Maghreb, Znour et Mina adoraient les bijoux et elles observèrent les motifs des gravures et les filigranes avec délectation, sur la plus grande, le bijoutier avait soudé un scarabée porte-bonheur avec des mandibules impressionnantes.

Mina disposa les cinq mains sur la table, elle eut un geste vaste qu'elle appuya par la parole :

– Tu imagines, une valise de bijoux, que vas-tu faire de tout cela ?

Znour restait muette, il lui fallut un bon moment avant de répondre :

— Je vais les rendre à sa famille, ils ne sont pas à moi, je vendrai seulement ce qui m'est nécessaire pour payer mes études d'institutrice, c'est tout.

— Très bonne idée pour tes études, réfléchis encore pour le reste.

Mina continua d'ouvrir les paquets, les deux femmes se réjouissaient de poser les bijoux sur la table, rassemblant les paires de fibules reliées par une chaîne à laquelle étaient suspendues des breloques protectrices, les boucles d'oreilles anciennes en anneaux où pendaient des motifs géométriques ou floraux, les bracelets anciens à la taille impressionnante, plusieurs ceintures fines articulées en filigrane[1] figurant des serpents, les bijoux de poitrine aux pierres précieuses en cabochon, émeraudes, grenats, des rubis très clairs de Fès. Il y avait aussi quelques serdals[2].

Mina en posa un sur son front pour s'amuser, les pièces de monnaie et les bâtons de corail cousus sur le bandeau de soie noire flattaient son profil berbère. Elle était ravissante, l'effet était tellement réussi que Znour l'offrit à son amie en insistant pour qu'elle choisisse d'autres bijoux. Elle craqua pour la main de Fatma ornée du scarabée.

---

[1] filigrane :Ce sont de minces fils de métal, en or ou en argent, torsadés ou pas, soudés sur une plaque de métal ou entre eux et laissant des jours, des espaces vides. La filigrane produit donc un effet de « broderie ».
[2] serdal : frontal fait de pièces de monnaie et de bâtons de corail, cousus sur un bandeau de laine ou de soie.

Puis, en soulevant un paquet, elles virent une belle enveloppe blanche, bien à plat. Leur gaîté s'évanouit et fut immédiatement remplacée par de la gravité. Mina tendit la missive à son amie qui se mit à trembler.

– Tu peux la lire ? répondit Znour.

La destinatrice de cette missive était tellement émue qu'elle alla s'asseoir sur le lit de sa chambre où son amie la rejoignit. Mina ouvrit la lettre avant de commencer à lire. Znour signifia qu'elle était prête par un hochement de tête et Mina parcourut rapidement la lettre pour s'y préparer car elle avait elle aussi peur de son contenu. Znour attendait patiemment, enfin Mina trouva le courage, sa voix tremblait légèrement :

Mon grand amour,

Que Dieu te protège,

Qu'il te donne une douce vie.

Que tes futurs enfants soient bénis.

Znour, je suis très malade et mes jours sont comptés. Je suis allé dans une clinique à Casablanca pour soigner cette tumeur que j'ai dans la tête mais le docteur m'a dit qu'il était trop tard. Il m'a demandé comment je me sentais. Je lui ai dit que souvent j'étais très agité et que je ne m'étais pas toujours bien tenu. C'est la maladie, vous n'y êtes pour rien : voilà ce qu'il m'a répondu.

Znour ne put retenir ses larmes, elle avait d'abord pleuré à l'intérieur pour ne pas gêner son amie mais maintenant de grands sanglots la secouaient. Mina essaya de la consoler, rien n'y fit, elle ne savait que faire, elle eut l'idée de préparer un thé et y mit beaucoup de sucre.

Znour s'allongea sur le lit pour reprendre ses esprits. Elle sombra dans une méditation, puis en ouvrant les yeux et en souriant tristement, elle dit à son amie qui apportait le thé :

– Est-ce que tu pourrais m'accompagner à la Mosquée ? Je voudrais prier pour Bachir.

– Bien sûr

L'amitié de Mina alla droit au cœur de Znour, courageuse, elle saisit la lettre à nouveau et termina de la lire à haute voix.

Dès que tu es partie, je me suis senti très mal. J'ai écouté mes parents qui voulaient que je t'oublie et que je me marie. J'étais de plus en plus faible et je perdais le goût de tout, de l'amour, du travail.

Je sais que tu es institutrice, aussi, maintenant, il te faudrait un petit appartement, je te donne ces bijoux pour que tu puisses t'installer à Marrakech. Razik m'a promis de t'aider à les vendre. Au fond de la valise, il y a aussi des billets, 200 000 dirhams, tu devras ouvrir un compte en banque et les porter rapidement. Razik viendra à Marrakech pour t'accompagner à la banque.

Je voudrais te demander une dernière chose : un jour avant ton mariage, va à la Mosquée et fait une prière pour moi.

Znour, je te demande pardon, j'espère que tu vas me donner ta bénédiction, je veux mourir en paix.

Bachir

C'était au tour de Mina de pleurer et ce fut Znour qui la consola. Elles burent le thé et se préparèrent pour se rendre à la Mosquée mais avant, elles remirent les bijoux étalés sur la table dans leur papier, les rangèrent à nouveau dans la valise qu'elles glissèrent sous le lit de la chambre.

Une semaine plus tard, ce fut Razik qui téléphona à Znour. Il lui demanda si elle avait ouvert un compte en banque et devant la réponse négative de Znour, il insista :

— Je dois passer à Marrakech la semaine prochaine et je voudrais honorer la parole donnée à mon ami sans trop attendre.

Znour fit les démarches pour ouvrir un compte en banque et Razik l'informa qu'il viendrait le mardi. Znour demanda de pouvoir s'absenter de son travail. Le jour dit, elle attendit la venue de Razik dans son logement. On frappa à la porte, elle ouvrit, c'était lui :

— Salam Aleikoum Znour, nous y allons, le taxi de Mohammed nous attend en bas, tu as l'argent ?

Razik saisit le sac qu'apportait la jeune femme et ils descendirent l'escalier.

Mohammed le taxi réserva un accueil chaleureux à Znour, ce qui ne fut pas pour plaire à Razik. On passa à la banque, il y avait là deux français qui restèrent bouche bée lorsque Razik ouvrit le sac et, après avoir déchiré le papier journal qui enveloppait chaque liasse de billets, les posait une à une sur le comptoir. L'affaire fut rapidement comptée et Znour signa le bordereau. Razik le réclama, il voulait vérifier la somme.

Puis, sans perdre de temps, Znour remonta dans le taxi qui stationnait devant la banque car Razik lui avait demandé de patienter un instant, il devait déposer des bijoux dans une boutique toute proche.

Mohammed fut ravi de cet intermède.

– Comment vas-tu, Znour ?

– Tout va bien - la jeune femme hésita avant de continuer - oui, mes projets avancent, avec cet argent, je vais pouvoir faire mes études pour être institutrice.

– Znour, tu peux aussi compter sur moi, je peux te payer tes études ou t'aider si tu as besoin.

Mohammed lui avait dit cela en l'observant dans le rétroviseur, entre étonnement et trouble, elle ne savait quelle attitude prendre. Mohammed s'était retourné sur son siège, son regard exprimait tout l'amour qu'il ressentait.

– Znour, je te trouve vraiment jolie et en plus, douce - il prit une grande respiration, le souffle lui manquait - et en plus intelligente….

L'ouverture de la porte de la Mercédès interrompit le dialogue. Razik s'assit, essuya la sueur de son front et s'adressa à Znour :

— Veux-tu que je te ramène à ton appartement ou tu souhaites aller ailleurs ?

— Je dois passer au Guéliz, rue Mauritania, une amie avec qui je travaille …

— Allons-y et ensuite retour à Tiznit, je dois revenir d'ici une semaine, j'ai une nouvelle commande. Si tu le veux, Znour, nous pourrions déjeuner ensemble.

— Plutôt le soir, Razik, car je surveille les enfants quasiment tous les jours à midi.

Mohammed avait une conduite très spéciale, les yeux rivés sur son rétroviseur, Razik s'en étonna, il répondit qu'à Marrakech il fallait avoir les yeux partout. Znour fut rapidement rendue à destination et elle remercia encore et encore Razik qui insista, lui, sur la parole donnée à un ami.

Znour partie, les deux hommes échangèrent quelques mots. Razik dit :

— C'est vraiment une fille bien, Znour. Si je n'étais pas marié, j'irais voir son père.

Mohammed précisa avec un brin d'ironie à son passager :

— Hé oui, mon ami, tu es marié, tandis que moi, je serai bientôt divorcé donc libre.

La circulation, trop dense, requérait toute l'attention du chauffeur, et Razik dut attendre quelques minutes avant de poser la question qui l'asticotait.

– Tu comptes demander Znour en mariage après ton divorce ? Et d'ailleurs, pourquoi divorces-tu ?

On sortait de Marrakech, le taxi prit sa vitesse de croisière et l'on s'apprêtait à plusieurs heures de voyage dans la chaleur. Mohammed comprit qu'il devait s'expliquer, que Bachir avait fait promettre à Razik de veiller sur Znour. Alors, il se livra avec plus ou moins de bonne grâce à des confidences sans fin sur l'échec de son mariage.

– Ma femme, enfin, je veux dire…mon ex-femme. Tu me comprends… Je promenais des touristes dans la palmeraie de Goulimine quand je l'ai vue, elle était belle, très belle. Profitant que mes clients buvaient un thé, j'ai demandé aux enfants où habitait son père. Je ne dormais plus, il fallait que j'épouse cette fille magnifique. La semaine suivante, je rencontrais. son père. Je lui ai expliqué que je pouvais prendre une femme, que j'avais deux maisons, qu'elle choisirait, que je gagnais bien ma vie. Il m'a répondu :

" Reviens avec ton père"

Deux mois après, nous étions mariés. Elle est venue habiter chez moi, à Tiznit, j'avais fait des travaux dans la maison, une belle chambre avec une salle de bain attenante et une grande cuisine moderne. Seulement, elle rêvait de mieux, elle voulait que nous allions vivre à Casablanca, je ne savais plus comment la satisfaire.

Une première fois, elle retourna chez son père. J'allais la chercher, il me dit qu'il fallait que je fasse plus de choses pour elle, qu'elle était très belle et méritait un mari capable de la combler. Je commençais à m'énerver, je devenais jaloux. Quand j'étais absent, elle se promenait avec des amies, elles allaient à la plage, s'asseyaient avec des étrangers dans les cafés, c'est ce qu'on me disait.

Un jour, de retour à la maison, j'ai constaté que l'oiseau s'était envolé. Je lui ai téléphoné, elle m'a dit qu'elle ne voulait plus revenir à Tiznit, qu'elle voulait trouver un Casablancais ou un Français, elle refusait de vivre dans une petite ville. J'ai compris que je m'étais trompé, je suis retourné voir son père pour lui dire que je demandais le divorce. Cela a été sans problème et nous serons libres, elle et moi, dans moins d'un mois.

— Peut-être que tu devrais attendre un moment avant de penser à nouveau au mariage ?

Tu as raison, peut-être que je devrais attendre mais… Znour n'est plus une gamine, elle peut décider seule de son mariage…J'irai voir son père pour respecter la tradition.

— Oui, bien sûr. Mais, en fait, je me demande si tu feras un bon mari pour Znour ? Ton divorce, tu comprends, ce n'est pas un point positif, et puis Znour n'a rien à voir avec ta femme !

— Ce n'est plus ma femme, je me suis trompé, voilà tout. Justement, ce premier mariage m'a ouvert les yeux, ce qui me plaît chez Znour, c'est qu'elle ne veut pas seulement trouver un mari, comment te dire ?

— Et puis aussi, elle est bien jolie ! Comme la première !

— Oui, et alors, est-ce que je dois me marier avec un laideron parce que je me suis trompé la première fois ?

— Non, non, je ne dis pas cela, mais je voudrais te parler aussi de tes activités politiques ?

— Mes activités politiques, oui, et alors, je suis syndicaliste et je voudrais que les chauffeurs de taxi aient une vie décente, des soins quand ils sont malades pour eux et leur famille et une retraite. Tu trouves cela répréhensible !

— Le Maroc change, bien sûr, mais il ne faudrait pas que cela aille trop vite, tout détruire, pour mettre quoi à la place ?

— Il ne s'agit pas de tout détruire, je respecte mon pays et mon Roi mais il faut plus d'équité sociale.

— Cessons là cette discussion ! Nous verrons bien, en tout cas préviens-moi si tu as des projets avec Znour.

— Inch'Allah.

Un vieux qui se tenait sur le bord de la route héla le taxi, Mohammed demanda l'autorisation à son passager de le prendre à bord. A peine embarqué, le chibani se mit à raconter la vie de son village dans le détail, il parla longuement de l'un de ses fils qui travaillait en France, combien il lui manquait, qu'il espérait qu'il viendrait aux prochaines vacances avec ses deux jeunes enfants qu'il connaissait seulement en photographie.

Il y eut un moment de répit, l'ancien avait vidé son sac, le cœur plus léger, il s'assoupit, le capuchon descendu sur les yeux. Razik téléphona pour ses affaires, quant il eut terminé, il prit aussi du repos. Mohammed en profita pour terminer le voyage en musique, il écouta ses CD préférés.

Un dimanche à Essaouira

Mohammed avait longuement réfléchi à toutes les possibilités pour entrer en contact avec Znour sans l'effrayer et sans éveiller la suspicion de Razik. Ce qui lui parut le plus simple pour se rapprocher d'elle fut de fréquenter assidûment ses amis de Marrakech, Rachida et son mari, qui louaient à Znour son petit appartement. Il procéda à la façon d'un peintre impressionniste, par petites touches. Il commença par leur demander de plus en plus souvent l'hospitalité et il apportait fruits, poissons, viandes à partager avec Znour.

Puis, les dimanches, il proposait son taxi pour des excursions et suggérait d'inviter la locataire qui vivait loin de sa famille. La joyeuse équipée découvrit les alentours de Marrakech avec grand plaisir. Une première fois, on remonta la vallée de l'Ourika, un autre dimanche, on déjeuna aux cascades d'Ouzoud, et ils allèrent même voir la neige à Oukaïmeden, la station de ski la plus grande du Maroc.

Un jour, Mohammed proposa de visiter Essaouira, magnifique petit port de pêche sur l'atlantique à deux heures de Marrakech. La journée fut simplement merveilleuse, les hommes allèrent acheter du poisson sur le port pendant que les femmes prenaient le thé sur la grande place Hassan II. Ces dames s'émerveillèrent devant les achats de ces messieurs : pageots, dorades, soles et crevettes qui ne pouvaient être plus frais. Puis, ce furent elles qui, cette fois, se procurèrent les légumes indispensables à la confection d'une belle salade marocaine. Mohammed conseilla un café berbère, le figuier, et la petite troupe s'installa à cet endroit qui devait son nom à quatre magnifiques figuiers plantés au milieu d'un grand patio.

Poissons et légumes furent confiés aux cuisiniers et Mohammed commanda le traditionnel thé. L'endroit était plaisant et animé, des tablées joyeuses dégustaient des poissons, des viandes, des salades, sur de grandes tables recouvertes de toile cirée à larges rayures blanches et bleues. Les doigts des mangeurs étaient habiles à débusquer la chair des poissons ou des viandes.

Des marchands ambulants louaient souvent des petites pièces aveugles, réparties sur le pourtour du patio et fermées par une porte basse à deux battants peintes dans ce bleu d'Essaouira tellement lumineux, le même que celui des petits bateaux de pêche qui s'entassaient dans le port.

L'un de ces marchands avait déballé des babouches et Mohammed invita Znour à en choisir une paire. D'abord elle refusa mais l'insistance de Mohammed fut telle qu'elle craqua pour une belle paire, de couleur rouge avec des broderies ton sur ton.

La faim tiraillait les estomacs mais il fallut attendre, trop de monde. Un grand cri de contentement accueillit la serveuse lorsqu'elle posa poissons, crevettes et salades sur la table. Les plats dégageaient des odeurs alléchantes. Mohammed était heureux, il ne boudait pas son plaisir, il préparait les meilleurs morceaux pour Znour qui se sentait de mieux en mieux en sa compagnie. Une réelle complicité régnait entre les deux couples, les femmes minaudaient et donnaient ainsi l'occasion aux hommes de se montrer prévenants. Mohammed s'adressa à Znour :

– Après le repas, je vais t'amener à la Scala.

Znour fut prise au dépourvu, elle regarda son amie qui lui renvoya un sourire bienveillant et rassurant. Elle apporta son soutien à Mohammed en affirmant :

– Si vous voulez, nous nous retrouverons au taxi, mon mari va m'accompagner, je voudrais aller au souk aux bijoux, j'ai besoin d'acheter une parure pour un mariage dans ma famille. Je voudrais comparer les prix avec Marrakech.

A la fin du repas, la table était envahie de squelettes de poisson et d'enveloppes de crevette. La servante apporta de l'eau pour se laver les mains et l'on ne s'attarda pas.

Mohammed et Znour avaient descendu le souk de l'Istiqlal avant de prendre la petite rue qui longeait les remparts. Les boutiquiers laissaient peu de place aux passants, le couple s'arrêtait parfois pour admirer des objets et les marchands s'empressaient de les flatter, de leur proposer des affaires mirobolantes. Mohammed avait pris la main de Znour avant d'entrer dans une grande boutique de tapis. L'assistant du vendeur déplia en un temps record ceux qui retenaient leur attention, il leur parlait comme à un couple marié. Complices, les deux amoureux en furent ravis. Ils poursuivirent leur promenade et dès que Znour arriva à la Skala, ce long rempart qui protégeait la médina des colères de l'océan, elle se tourna vers Mohammed pour lui dire :

— Je suis déjà venue ici, mais je ne sais plus quand ?

Mohammed resta surpris de l'affirmation de sa bien aimée, il s'arrêta, la regarda avant de préciser, l'air malicieux :

— Peut-être dans un rêve ?

Znour, devenue un instant songeuse, précisa :

— Oui, sans doute. Mais quel est ce bâtiment, là-bas ?

— Là, tu vois, c'est la prison. Pas pour nous.

Les deux amoureux étaient arrivés maintenant dans la tourelle ronde qui dominait la Skala, ils en firent le tour et s'arrêtèrent dans chacune des brèches équipées de canon en admirant l'océan et ses vagues écumeuses qui se brisaient sur les rochers. Ils choisirent l'une des ouvertures, Znour s'était assise dans l'espace entre le mur et le canon, Mohammed resta debout en lui faisant face. Il lui prit les deux mains, l'émotion partagée les rendait, l'un comme l'autre, un peu tremblant. Le regard de Mohammed caressa le visage de Znour avant qu'il lui dise :

– Znour, je voudrais que tu sois ma femme - elle était visiblement trop émue pour répondre alors il continua - seulement, je voulais avoir ton avis avant d'aller voir ton père. Je veux que nous fassions un mariage d'amour, dis-moi, si toi aussi, tu souhaites te marier avec moi.

Les évènements avaient été trop rapides pour Znour qui était désorientée et qui cherchait une réponse.

– Mohammed, je voudrais faire mes études d'institutrice avant de me marier, je ne suis pas prête à avoir des enfants, à tenir une maison, à m'occuper d'un mari.

– Bien sûr, mais je suis tellement amoureux de toi que je veux que nous vivions ensemble. Mais, tu feras tes études où tu voudras, à Marrakech ou à Agadir. Je louerai un appartement. Nous y habiterons tous les deux.

Znour souriait mais ne semblait pas se décider. Mohammed sentit qu'il devait s'avancer encore plus s'il voulait conquérir son cœur.

– Nous aurons des enfants quand tu le décideras, et puis, je gagne bien ma vie et nous prendrons une femme de ménage pour la cuisine et l'entretien de la maison.

Znour laissa s'échapper les babouches rouges qu'elle tenait à la main, les deux se baissèrent en même temps et leurs têtes se heurtèrent. Ils rirent de bon cœur et Mohammed frotta le front de Znour avant de la prendre dans ses bras et de l'embrasser. Les passants détournaient leur regard de ce couple amoureux mais ni l'un ni l'autre ne s'en aperçut. Mohammed réitéra sa demande, mais cette fois, la dimension sensuelle avait bouleversé la donne.

— Tu veux m'épouser, ma chérie ?

— Oui, seulement si tu me promets de me laisser faire mes études et devenir institutrice.

— Je te l'ai dit, tu ne me fais pas confiance ?

— Si, bien sûr.

— Alors, je peux aller voir ton père ?

Znour éclata de rire.

— Mon père, il n'est pas facile.

— Je saurai le convaincre.

Les deux amoureux reprirent le chemin inverse. Leurs amis les attendaient près du taxi, ils s'amusèrent beaucoup de les voir arrivés main dans main.

Une belle accolade réunit les deux hommes et Mohammed, en serrant sa promise contre lui, confia avec plaisir à ses amis :

— Nous allons nous marier !

— Inch'Allah ! S'exclamèrent le couple d'amis.

Les quatre s'engouffrèrent dans la Mercédès et Mohammed exigea que sa future femme s'assoie devant, près de lui.

Le concert à l'Aïn Ouled Jerrar

A l'Aïn Ouled Jerrar, la visite de David avait bouleversé la vie d'Abdellatif, le petit-fils du célèbre caïd. Tourné vers le passé, celui-ci cherchait depuis toujours à valoriser un patrimoine qui se délitait et qui, au fil du temps, était devenu un fardeau.

Comment faire revivre ces magnifiques kasbahs de terre ? Il avait hérité de biens, certes, mais aussi, disait-il, du manque de moyens pour les restaurer, pour faire ressurgir la splendeur d'Aïn Ouled Jerrar, cette splendeur qui avait atteint son apogée sous le caïdat de son ancêtre.

Il partageait avec David l'impériosité des racines qui tracassent tant les humains. Il comprit la nécessité de s'ouvrir s'il voulait réussir à construire cette passerelle entre le passé et l'avenir des siens. Il quitta momentanément ses rêves de kasbahs et, instinctivement, chercha à établir un contact suivi avec David, persuadé que celui-ci lui avait été envoyé par la providence. Il se rendit au cyber du village mis en place par une association franco-marocaine. Les ordinateurs n'avaient plus d'âge mais les jeunes avaient transformé le lieu en temple de la modernité. Ils furent surpris par la venue d'Abdellatif, et mi-fiers, mi-moqueurs, ils l'aidèrent à faire ses premiers pas sur Internet.

Le premier message qu'Abdellatif fit à David donnait des nouvelles de sa famille, du village, du travail des musiciens gnawas et se terminait par la traduction de la poésie tamazighe de Fatima Tabbaamrante "Tafukt n imurig" – Le soleil de poésie.

Quel ne fut pas le plaisir d'Abdellatif de lire, dès le lendemain, la réponse de David ! Il eut l'impression d'être sorti enfin de son immense isolement. Chaque jour, il prit l'habitude de se rendre au cyber, les jeunes en profitèrent pour lui parler d'améliorations et Abdellatif souscrit à leur demande. On acheta des casques, une imprimante et l'on prit un abonnement qui permettait un meilleur débit.

David fit savoir qu'il avait créé un groupe d'amateurs et de professionnels de musique sur Facebook et invita le groupe musical gwana et Abdellatif à le rejoindre. Les rêves des uns et des autres prirent racine et poussèrent joyeusement comme un enfant soigné, aimé et bien nourri.

On envisageait maintenant trois jours musicaux à Aïn Ouled Jerrar, les artistes souhaitant s'y produire devait s'inscrire auprès de David qui exultait, certaines candidatures étant prestigieuses. Il demanda une avance sur participation aux futurs festivaliers afin de pouvoir louer le matériel nécessaire à une bonne qualité musicale.

Abdellatif fit part de son projet à Fatima Tabbaamrante et fut bien déçu d'apprendre que celle-ci se trouverait à l'étranger à ce moment-là. Néanmoins, elle confirma son désir de faire de son mieux pour être présente. David aida son ami a surmonté sa contrariété et l'organisateur s'activa à nouveau avec enthousiasme : sur place, il organisait l'accueil des musiciens et des festivaliers dans les familles de l'Aïn Ouled Jerrar et les hôtels de Tiznit. Il avait aussi engagé un jeune ingénieur du son avec son équipe pour parfaire la qualité musicale. Il chargea aussi Mohammed, le chauffeur de taxi, de la logistique des transports au départ d'Agadir et de Marrakech. Saïda, la femme d'Abdellatif proposa de prendre la restauration en charge et créa une équipe de cuisinières expérimentées.

J moins deux.

Certains festivaliers, musiciens amateurs et professionnels ou simples spectateurs avaient déjà investi le village. Quatre noires américaines, des chanteuses de gospel amies de David, loin de leur confortable loft New Yorkais, s'étaient retrouvées, avec une joie immense, à dormir sur des tapis dans des maisons en terre de l'Aïn Ouled Jerrar.

Les enfants avaient accouru dès leur arrivée, lançant, à profusion, des « welcome » appris, la veille, auprès de leurs maîtres d'école. Les valises à roulettes des visiteuses, belles comme des bijoux, avaient beaucoup souffert dans les chemins cailouteux du village, certaines sortirent de cette aventure très cabossées, les plus malheureuses perdirent une ou deux roues, l'une d'elle s'ouvrit et révéla des trésors de produits de beauté et de maquillage.

Rien ne pouvait entamer la bonne humeur et le bonheur de découvrir la vie simple des villageois pour ces voyageuses étonnantes et comblées par l'amour de la musique et du chant. Elles apprirent aussi à confectionner quelques plats marocains - couscous et tagines - et elles se promenèrent dans les jardins de l'oasis où elles prirent un immense plaisir à chanter avec les femmes de l'Aïn.

J moins un.

Les techniciens finissaient d'installer la scène dans le jardin du grand riad lorsque des musiciens, venus pour tester le son, s'aperçurent qu'il manquait des pièces techniques. L'ingénieur du son fila à Agadir. Il ne trouva pas tout ce qu'il cherchait. Il téléphona à l'un de ses amis à Marrakech qui remit les pièces manquantes à Mohammed le taxi. Celui-ci les amena quelques heures plus tard à l'Aïn. Baraka. Abdellatif se sentit soulagé, il s'octroya un moment de détente et partagea le thé avec l'équipe technique.

L'Aïn se remplissait, les taxis déposaient les visiteurs au petit riad. Mina les accueillait puis téléphonait à une villageoise qui venait chercher ses hôtes.

Ce soir là, sous les grands ficus de la place centrale, les chibanis durent céder du terrain car tous y affluaient, étrangers et villageois. Les enfants se transformaient en pédagogues avec les adultes désireux de dire quelques mots en berbère. L'apprentissage déclenchait beaucoup d'éclats de rire. A leur grande surprise, les étrangers apprirent que les berbères s'appelaient eux-mêmes "Imazighen"[1] – hommes libres.

Chaque soir, la confrérie gwana, réunie devant l'ancien tribunal, entamait sa musique de transe et l'on pouvait suivre à l'oreille sa progression musicale dans le village jusqu'au moment où ils apparaissaient sur la place, tous vêtus de djellabas et turbans blancs. Les étrangers, époustouflés, tapaient dans leurs mains et dansaient. Cela fit rire les femmes et les enfants du village qui les imitèrent.

Le taxi de Mohammed s'arrêta devant l'épicerie de Zakaria. David, le musicien juif, en descendit le premier accompagné de Frida, son amie de cœur. Znour et deux de ses amies suivirent. Abdellatif et David, tous les deux au comble de l'émotion, s'embrassèrent, ils étaient tellement heureux de se retrouver, là, pour une si belle circonstance.

David se retourna et saisit Frida par les épaules pour la présenter à Abdellatif qui, visiblement impressionné par la beauté blonde de la jeune femme, chercha Saïda, sa femme, du regard pour la lui confier. Mohammed le taxi s'approcha du groupe tenant Znour par la main et la présenta fièrement comme sa fiancée. Les félicitations firent rougir Znour.

[1] Les "Amazighen" (berbères), sont répartis dans toute l'Afrique du Nord et dans le Nord de l'Afrique. Des informations fiables sur la démographie de la population amazighe sont difficiles à obtenir, mais il est estimé que les "Amazighen" constituent à plus de 50% de la population marocaine et 30% de la population de l'Algérie.
La langue Amazighe, le Tamazight existe en plusieurs dialectes mais elle n'a pas reçu le même statut que l'arabe. De nombreux Amazighen au Maroc et en Algérie se battent pour la préservation de leur langue et de leur culture.

Des amis français, ayant reconnu David, les rejoignirent. On s'embrassait, on s'enfermait longuement dans les bras, on se serrait la main ou les deux à la façon orientale, on parlait tamazight, arabe, français, anglais, on prenait des nouvelles des uns et des autres, on racontait son voyage, on disait le fabuleux plaisir d'être là, on se promettait déjà de revenir l'année prochaine.

Les gnawas firent un beau cortège jusqu'au petit riad pour accompagner les nouveaux arrivants. Mohammed avait suivi avec son taxi pour amener les bagages et les instruments de musique au riad. Arrivé à la grille, les musiciens continuèrent leur périple autour du village suivis par une foule colorée et enthousiaste.

Saïda, en excellente hôtesse, posa le thé sur une longue table basse installée sous les arcades blanches du petit riad. David, ému, décrivait les lieux à Frida. La grand-mère arrivait à petits pas du fond du jardin. David alla à sa rencontre et la serra dans ses bras. Elle lui dit :

— Tu es de retour, tu es comme mon fils, tu seras toujours le bienvenu.

Abdellatif coupa court aux propos de sa mère, il dit à David :

— Nous t'avons réservé ta chambre, Saïda l'a repeinte.

David alla embrasser Saïda qui fut tellement surprise qu'elle faillit renverser la théière qu'elle avait dans la main. Fatimzara, la fillette de la maison, avait bien grandi et s'était assagie, elle s'approcha de David qui lui posa la main sur sa tête pour apprécier les centimètres gagnés. En expert, il précisa :

— Au moins dix centimètres, bientôt tu me rattrapes.

Fatimzara leva son bras pour mesurer la différence entre David et elle.

— Encore deux ans, répondit-elle.

Abdellatif demanda l'attention des invités pour expliquer le fonctionnement de la maison :

— Les hommes dormiront dans la grande salle du caïdat et les femmes s'installeront dans la salle à côté de la cuisine, le cabinet de toilette des femmes est juste à côté. C'est campagnard, Mesdames, mais c'est tout ce que nous pouvons vous offrir pour l'instant.

Tous se mirent à rire de la gêne d'Abdellatif, tant est si bien qu'il pouffa à son tour. Le portable de Saïda sonna, elle répondit :

— Waleikoum Assalam, Philippe, je vous ouvre la grille.

Philippe, Mina, Diane, Hassan arrivèrent en compagnie d'un couple de musiciens français qui firent une entrée sublime en jouant du violon. Les spectateurs applaudirent très fort et ce fut à nouveau les embrassades et le bonheur de se retrouver.

Une femme venue de la cuisine demanda à servir le couscous. Une ovation gourmande accueillie un immense plat en céramique de Safi qui débordait de délices et que l'on posa au centre de la table, chacun piocha graines et viandes devant lui : une coutume respectueuse entre convives. Frida, nouvelle venu au Maghreb, semblait embarrassée, on lui apporta une petite assiette et une cuillère.

Un peu moqueur, David dit à sa fiancée :

— Tu ne sais pas ce que tu perds, c'est bien meilleur avec les doigts.

— Demain, je promets d'essayer, laisse-moi encore une soirée, répondit-elle.

Pendant qu'on dégustait le couscous, dans la cuisine, les femmes, ne pensant pas être entendues, s'étaient mises à chanter un chant berbère traditionnel. L'assemblée se mit à les accompagner, elles sortirent en riant, redoublant les effets de voix.

Diane mangea peu et s'excusa de devoir aller se reposer. Saïda se leva pour accompagner son invitée mais Hassan prit l'initiative et elle comprit qu'elle devait les laisser seuls. Les deux saluèrent l'assemblée et s'éclipsèrent. Philippe brûlait d'envie d'annoncer la bonne nouvelle, il se leva et dit à la cantonade : — Diane attend un bébé, c'est le troisième mois, elle est un peu fatiguée mais tout va bien.

Il y eut un court silence plein de surprise et d'émotion puis on félicita chaleureusement le grand père qui n'était pas peu fier. Mina opina du chef en souriant, elle priait chaque jour pour recevoir ce don du ciel, un enfant. Philippe lui prit affectueusement la main avec discrétion.

Saïda insista pour que l'on termine le couscous. La coupe de fruits qu'apportèrent les cuisinières était magnifique et les convives en profitèrent pour les féliciter de leur talent culinaire. Comblées et étonnées par tant de compliments, elles promirent mille délices pour les jours suivants : pastillas, tagines à l'agneau, au poulet, au poisson, méchouis. Les pâtissières précisèrent : cornes de gazelle, feqqas aux amandes, ghoribas au sésame, gâteaux au miel, dattes fourrées.

Les dames commencèrent à s'inquiéter pour leur ligne, les messieurs les rassurèrent leur promettant de manger leurs parts. Au loin, l'on entendait la musique gwana et Abdellatif affirma qu'ils allaient jouer toute la nuit.

Les convives accusaient maintenant une belle fatigue, certains sortirent pour une promenade dans le village avant de rejoindre les autres qui devisaient tranquillement dans les dortoirs. La nuit était chaude et douce, le jardin embaumait les rêves inspirés par la musique de transe des gnawas. L'aube naissait quand les derniers musiciens férus de rythme africain rentrèrent dans leurs demeures.

Le jour J.

Saïda avait réveillé Abdellatif dès les premières lueurs de l'aube. Il y avait du pain sur la planche. Ils prirent le thé et se sustentèrent de galette trempée dans l'huile d'olive. Ensuite, Saïda s'occupa de réceptionner les provisions au grand riad avant que l'équipe de cuisinières commencent la préparation des plats. Abdellatif réveilla Mohammed, ils devaient se rendre à Tiznit pour récupérer des commandes restées en souffrance sans oublier de passer à la boutique des mariages où les américaines, tombées en extase devant les tissus et les voiles brodés, avaient loué kaftans et takchitas pour la grande soirée.

Dés le matin, le village se transforma en une véritable ruche et les visiteurs continuaient d'arriver. Ceux qui étaient arrivés hier ou les jours précédents profitaient de cette matinée pour visiter les jardins et le village accompagnés des enfants.

Beaucoup de musiciens avaient envahi le jardin central du grand riad et ils prenaient un plaisir manifeste à jouer de leurs instruments et à partager leur art. Des ateliers spontanés naissaient où l'on s'exerçait à des instruments inconnus, modernes ou traditionnels. Ce partage était une grande jouissance pour les artistes, amateurs et professionnels. De temps à autre, on commandait un thé à la menthe à des jeunes gens qui démontraient leur savoir-faire en élevant la théière de plus en plus haut. Le liquide bouillant formait une belle mousse blanche dans le petit verre. Vers les quatorze heures, les estomacs commencèrent à crier famine et l'on se restaura, soit au grand riad, soit dans les familles du village.

La chaleur invita à une belle sieste d'autant qu'il fallait être en forme pour la magnifique nuit musicale qui s'annonçait. Abdellatif fut appelé et il se rendit au grand riad où il afficha sur un mur, l'ordre de passage des musiciens.

Des confréries de gnawas avaient rejoint celle de l'Aïn, joueurs infatigables de musique de transe, elles firent retentir tambours et crotales dès la fin de l'après-midi. Elles parcouraient le village, stationnant de temps à autre sur une place, leur musique prodiguait une excitation joyeuse qui gagnait doucement mais sûrement hommes et femmes, étrangers et Marocains.

D'étranges cortèges équipés de valises et de sacs multicolores dont les formes laissaient deviner le contenu – guitare, violon, violoncelle, flûte, contrebasse, gambri, kora, djembé – convergeaient maintenant vers le grand riad dans un désordre bienheureux. On s'interpellait, on commençait à faire rouler et chauffer les voix.

Les villageoises couvaient les chanteuses étrangères en cachant leur timidité dans des cascades de rire. Dans le jardin du grand riad,

Abdellatif avait toutes les peines du monde à organiser l'ordre de passage sur la scène. Ils demandaient aux groupes musicaux de ranger leurs instruments le long du grand canal selon le numéro de passage. C'était sans compter sur les sympathies qui s'étaient crées, des orchestres s'étaient regroupés, d'autres étaient présents sans être inscrits. David riait tout son saoul et dit à Abdellatif :

— Bismellah, je passe le premier, après tout va se mettre en place tout seul !

— Inch'Allah, répondit l'organisateur en chef légèrement soulagé par la décontraction de son ami.

On attendit encore un moment puis les spectateurs et musiciens assis sur des coussins formèrent une immense gravure colorée et vibrante. Pour la grande majorité, les hommes étaient en blanc : pantalon et chemise, djellaba, jabador[1]. Certains occidentaux avaient jugés bon d'adopter les vêtements locaux et vice versa, certains marocains s'étaient habillés à l'occidentale. Les femmes formaient un amoncellement de bonheur pour les yeux par la vivacité des couleurs de leurs voiles, de leurs kaftans et de leurs takchitas[2]. En y regardant de plus près, on distinguait de nombreuses femmes occidentales habillées en traditionnel. C'était un bel hommage rendu aux familles accueillantes.

L'heure arriva, Abdellatif et David montèrent sur la scène, Abdellatif tapota le micro comme un vrai professionnel et

---

[1] jabador : ensemble masculin traditionnel pantalon et chemise
[2] takchita : la takchita est la version moderne du caftan qui s'est exporté dans le monde entier grâce à de nouvelles formes inédites. La takchita est magnifiée par des ceintures de diverses formes originales et richement travaillées appelées « Mdamma » et « laaquad ».

improvisa un petit discours qu'il avait maintes fois répété. Ému, il demanda à Dieu de bénir la manifestation et dit son enthousiasme concernant le vote du 1er juillet 2011 qui, il en était sûr, aller faire du Maroc un pays moderne respectant les traditions. Des voix s'élevèrent – des jeunes exprimaient leur impatience et leur doute quant à la vraie volonté de changement. Abdellatif leur offrit le micro et l'on prit un moment pour les écouter.

A son tour, David s'exprima. En hébreu, il demanda à Dieu de bénir le Roi du Maroc et son peuple et traduisit ses propos en berbère, en arabe, en français et en anglais. Touché au cœur, le public applaudissait et les femmes émirent leur youyou cachant leurs bouches d'une main recouverte de motifs décoratifs peints au henné. Abdellatif se mit à danser, bras ouverts, épaules sautillantes pendant que David préparait son violon.

Rayonnant de joie, le musicien juif présenta le début du programme :

– En introduction à notre rencontre musicale multiculturelle, je vais vous jouer « *Presto, le quatrième mouvement de la sonate pour violon seul de Bartok* ». Puis, l'Aïn sera à l'honneur avec la confrérie gwana suivie des chanteuses de l'Aïn ».

A ce moment précis, un perturbateur entouré d'enfants fit une entrée bruyante avec cymbales et tambours. Montant sur la scène, l'homme apostropha David :

– Bonjour Monsieur le violoniste, je suis l'homme-orchestre de Lille, voulez-vous que nous fassions un petit morceau ensemble.

David joua le jeu.

– Nous vous attendions, Monsieur l'homme-orchestre.

Et l'homme-orchestre se déchaîna au grand plaisir du public hilare, les enfants accompagnaient les frasques de leur nouvel ami en tapant sur leur petit tambour, tournant autour de lui. Puis, l'intrus, formant un cortège, descendit comme il était monté de la scène et sortit du riad faisant mille grimaces au public.

Brahim, le retraité des mines du Nord, ayant beaucoup de mal à s'expliquer tellement il riait, expliqua à l'assemblée que l'homme orchestre était son meilleur ami en France. On apprécia la bonne farce.

David fit quelques mesures qui rétablirent le calme et lorsqu'il sentit le public prêt, il commença à jouer « *Presto* ». Quelques minutes d'une émotion extraordinaire, sur le visage de David, on lisait la concentration, seul comptait le violon. Au dernier mouvement de l'archer les occidentaux applaudissaient mais les villageois restèrent étonnés qu'un morceau fût si court. Ils attendaient la suite et, enjoué, David leur dit :

– La suite plus tard, maintenant c'est la Confrérie des gnawas de l'Aïn.

La Confrérie s'était placée en arc de cercle, au centre le chef, ils jouaient « *Ahwach Ihahan* », une danse traditionnelle du Souss, ils déployaient une énergie sans pareille, jeunes comme anciens. Les villageois étaient fiers d'eux et les occidentaux furent subjugués.

Les chanteuses de l'Aïn attendaient leur tour au bas de l'estrade. Les quatre noires américaines s'étaient jointes au groupe. Habillées de kaftans colorés, elles étaient splendides et absorbaient les compliments qui nourrissaient abondamment leurs généreux sourires. Chanteuses professionnelles, elles étaient à l'aise dans ce nouveau rôle. C'était pour elles, une expérience extraordinaire d'avoir les deux pieds posés sur la terre africaine de leurs ancêtres et de partager leurs chants. Il y eu une petite discussion, les villageoises voulaient qu'elles soient au centre et les américaines souhaitaient se fondre dans le groupe. Finalement, elles se mirent au milieu mais au deuxième rang. Un hourra amusé jaillit du public quand toutes furent en place.

Leur chant racontait les saisons et ses occupations, son sens transparaissait dans la mélopée. Les américaines ponctuaient le chant des femmes d'onomatopées qui en enrichissaient l'expression. David se régalait de ses voix qui, pour lui, appartenaient à l'universel. A la fin du chant, il monta sur scène pour faire part de ce sentiment et il présenta le second morceau, bien différent du premier.

Les femmes formaient maintenant un triangle compact et cinq hommes s'étaient placés à l'opposé dans une attitude martiale. Ils commencèrent par provoquer les femmes par le chant, celles-ci répliquèrent de leurs voix aiguës en se dirigeant vers les hommes qui se dispersèrent en mimant la peur.

Une chikhate[1] prit le devant de la scène avec des gestes sensuels expressifs, les occidentaux restaient interloqués de tant d'audace. La dame, usant avec dextérité de son large postérieur

---

[1] Les chikhates sont des chanteuses et danseuses populaires marocaines, qui pratiquent l'art de la « aïta », sorte de complainte, de blues, en arabe dialectal marocain, ou bien qui chantent du « chaâbi », musique plus festive. Elles ont un rôle d'animation des fêtes, par leur savoir-faire musical et poétique.

déclencha des éclats de rire. L'on continua ainsi quelques échanges vocaux puis les hommes laissèrent la place libre.

Les femmes avaient préparé une très belle surprise, même David n'était pas au courant. Les quatre américaines entamèrent « *Oh, happy day* ». Les femmes berbères accompagnèrent avec brio les divas en claquant dans leurs mains et en psalmodiant « *Oh Happy day* » à leur tour. C'était très émouvant et David écrasa discrètement une petite larme au coin de son œil. Quand les chanteuses américaines descendirent de la scène, chacun les voulait à côté d'eux.

Puis, ce fut le tour d'une chorale masculine juive et française de s'installer sur le plateau. Les thèmes étaient très mystiques. Le public écouta les chants avec attention et les artistes reçurent toute la considération qui convenait à la qualité de leur expression.

David s'amusait beaucoup et il interpréta avec force bonheur « *Ah ! Si j'étais riche*[2] » pendant qu'un jeune musicien africain accordait sa kora. Il appuyait son jeu d'attitudes et de caricatures faisant rire le public.

Lorsque Mamadou, le griot sénégalais fit signe qu'il était prêt, Abdellatif annonça :

– J'ai rencontré Mamadou à l'aéroport d'Agadir il y a quinze jours. Il arrivait de Dakar pour jouer de la kora au Maroc. Je l'ai invité à notre fête et j'en suis très heureux qu'il soit là car c'est un jeune griot plein de talent.

---

[2]chanson interprétée par Yvan Rebroff et tirée du film *Ah ! si j'étais riche* – un film français humoristique réalisé et écrit par Michel Munz et Gérard Bitton

Mamadou salua et se mit à chanter des mélopées de l'Afrique Occidentale. Une écoute admirative lui fit comprendre qu'il pouvait jouer et chanter plus longtemps qu'il ne l'avait prévu. Comme à son habitude, il termina son récital par un chant qui honorait ses ancêtres.

Depuis le début de l'après-midi, les cuisinières s'étaient occupées à transformer une vache en un succulent tagine. La cuisson était terminée et Abdellatif en informa les spectateurs :

– Le tagine de viande est cuit juste à point, nous allons faire une pause pour manger.

Cette annonce obtint un franc succès et l'on prit place autour de tables basses sous les arcanes, faute de place, certains s'assirent à même le sol. Les femmes distribuaient le pain frais et les tagines brûlants, recommandant d'attendre un peu avant d'enlever le couvercle. Les enfants passaient autour des tables avec des brocs d'eau pour que les convives puissent se laver les mains.

Ce fut un régal, les gourmands eurent assez d'audace pour aller voir à la cuisine s'il n'y avait pas des restes. Saïda et son équipe de cuisinière récoltèrent des félicitations bien méritées. Puis, d'autres tagines firent irruption, poulet, agneau, viande qui finirent de remplir les estomacs. Ensuite, on se délecta de fruits, de gâteaux et de thés.

Les petits enfants s'endormaient dans les bras de leur maman et chacun goûtait un peu de repos avant que les artistes remontent sur la scène.

Diane se sentait fatiguée et aspirait au repos. Hassan aidait David au prise avec des petits problèmes techniques sur la scène, aussi Philippe se proposa d'accompagner sa fille jusqu'au petit riad. En traversant la rue qui séparait le grand du petit riad, Philippe demanda à sa fille s'il était normal qu'elle fut fatiguée comme cela. Celle-ci lui répondit que c'était surtout la chaleur qui l'incommodait.

Diane s'allongea sur un matelas dans le dortoir des femmes. Philippe proposa à sa fille de lui préparer l'infusion recommandée par Saïda, une spécialité d'un grand herboriste d'Agadir destinée aux jeunes femmes enceintes. Diane acquiesça et Philippe trouva sa fille presqu'endormie lorsqu'il revint avec le breuvage. Il lui versa un verre qu'elle but à petites gorgées avant de poser sa tête sur l'épaule de son père. Ils restèrent un moment, à apprécier le calme et Philippe crut bon d'interroger sa fille ?

– J'aimerais avoir un petit-fils, tu crois que ce sera un garçon ?

– Inch'Allah, papa.

Diane sourit à son père avant de s'allonger. Elle ne tarda pas à s'endormir.

Mina, légèrement inquiète, était venue rejoindre Philippe. Silencieusement, elle s'assit près de son mari qui lui chuchota à l'oreille :

– Toi, aussi, bientôt tu auras un enfant. Tu crois que ce sera un garçon ?

Mina répondit :

– Inch'Allah, Philippe.

La réponse lui avait réjoui le cœur. Il embrassa Mina en se disant que les femmes sont bien sages. Venant du grand riad, on entendit un immense hourra mêlé aux youyous des femmes. Fatimzara, qui adorait Fatima Tabaamrate du haut de ses douze ans, fit une éruption et annonça la bonne nouvelle :

— Fatima est là. Vous l'entendez, elle chante "Makm yaghme makm issalam"[1] .

L'instant d'après, la fillette fit volte-face et repartit vers la scène, elle ne voulait ne pas perdre une miette du concert. Elle rêvait de devenir chanteuse et buvait les paroles de Fatima Tabaamrante.

L'Aïn absorbait un flot incessant de nouveaux arrivants : des familles, des amis, des musiciens en groupe ou seul, des saltimbanques vendant bricoles, verroteries, victuailles, friandises... Tous trouvaient leur place et s'installaient avec la facilité des peuples qui n'ont pas oublié le nomadisme. La petite fête organisée par David et Abdellatif se transformait en un magnifique moussem[2].

Fatimzara s'était faite une nouvelle amie. Elle avait entraîné Fatima Tabaamrante dans le jardin du petit riad. Assises toutes les deux sous un figuier près du canal, l'adolescente, le coeur battant, lisait une poésie de sa création en tamazighe à son admiratrice.

[1]"Qu'est-ce que tu as, pourquoi pleures-tu ?" une chanson émouvante

[2] Moussem est une fête qui associe traditionnellement une célébration religieuse à des activités festives et commerciales.

sommaire

Diane, native et nostalgique de Marrakech 11

Mina, la courageuse de l'Aïn Ouled Jerrar 24

David, un musicien juif à la recherche de ses origines...............33

Mina et David de retour à Marrakech............................49

Le mellâh de Marrakech.................................57

Le hammam du Guéliz.................................61

Znour, la fille du tailleur de Tiznit 67

Bachir, le mâalem bijoutier talentueux 71

Khalid Oujadar, sorcier international à Marrakech...................79

Le rêve de Znour, la fille du tailleur...........................87

Le mauvais œil...............................91

Les promesses de la magicienne Aïcha 99

Diane et Hassan : jeunes amoureux de Marrakech...................103

Aziza, mendiante et maternelle............................107

La cueilleuse de fraises est de retour d'Espagne.......................115

Diane et la photo compromettante 121

Le remords de Bachir, le bijoutier 129

Un dimanche à Essaouira.................................147

Le concert à l'Aïn Ouled Jerrar................................153

Éditeur : Bod -Books on DEMAND,
12/14 rond-p oint des champs Élysées, 75008 Paris
Impression : Bod - Books on Demand, Allemagne

ISBN : **9782322102204**

Dépot légal : janvier 2018